牢记诚实
善于思考
热爱过程

史铁生

我与地坛

The Temple of earth and me

史铁生 著

北京出版集团
北京出版社

目录
CONTENT

001　我与地坛

026　秋天的怀念

028　死神的克星

042　合欢树

046　好运设计

071　我二十一岁那年

087　故乡的胡同

090　墙下短记

101	复杂的必要
104	足球内外
120	外国及其他
132	写作——一种生活方式
137	我的轮椅
146	放下与执着
152	原生态
158	看音乐
161	喜欢与爱
164	奶奶的星星
205	想念地坛
213	编　后

我与地坛

一

  我在好几篇小说中都提到过一座废弃的古园，实际就是地坛。许多年前旅游业还没有开展，园子荒芜冷落得如同一片野地，很少被人记起。

  地坛离我家很近。或者说我家离地坛很近。总之，只好认为这是缘分。地坛在我出生前四百多年就坐落在那儿了；而自从我的祖母年轻时带着我父亲来到北京，就一直住在离它不远的地方——五十多年间搬过几次家，可搬来搬去总是在它周围，而且是越搬离它越近了。我常觉得这中间有着宿命的味道：仿佛这古园就是为了等我，而历尽沧桑在那儿等待了四百多年。

  它等待我出生，然后又等待我活到最狂妄的年龄上忽地残废[①]了双腿。四百多年里，它一面剥蚀了古殿檐头浮夸的琉

[①] 残废：即残疾，当年用语。——编者注

璃，淡褪了门壁上炫耀的朱红，坍圮了一段段高墙又散落了玉砌雕栏，祭坛四周的老柏树愈见苍幽，到处的野草荒藤也都茂盛得自在坦荡。这时候想必我是该来了。十五年前的一个下午，我摇着轮椅进入园中，它为一个失魂落魄的人把一切都准备好了。那时，太阳循着亘古不变的路途正越来越大，也越红。在满园弥漫的沉静光芒中，一个人更容易看到时间，并看见自己的身影。

自从那个下午我无意中进了这园子，就再没长久地离开过它。我一下子就理解了它的意图，正如我在一篇小说中所说的："在人口密聚的城市里，有这样一个宁静的去处，像是上帝的苦心安排。"

两条腿残废后的最初几年，我找不到工作，找不到去路，忽然间几乎什么都找不到了，我就摇了轮椅总是到它那儿去，仅为着那儿是可以逃避一个世界的另一个世界。我在那篇小说中写道："没处可去我便一天到晚耗在这园子里。跟上班下班一样，别人去上班我就摇了轮椅到这儿来"，"园子无人看管，上下班时间有些抄近路的人们从园中穿过，园子里活跃一阵，过后便沉寂下来"，"园墙在金晃晃的空气中斜切下一溜阴凉，我把轮椅开进去，把椅背放倒，坐着或是躺着，看书或者想事，撅一权树枝左右拍打，驱赶那些和我一样不明白为什么要来这世上的小昆虫"，"蜂儿如一朵小雾稳稳地停在半空；蚂蚁摇头晃脑捋着触须，猛然间想透了什么，转身疾行而去；瓢虫爬得不耐烦了，累了，祈祷一回便支开翅膀，忽悠一下升空了；树干上留着一只蝉蜕，寂寞如一间空屋；露水在草叶上滚动，聚集，压弯了草叶轰然坠地摔开万道金光","满园子都是草木竞相生长弄出的响动，窸窸窣窣窸窸窣窣片刻不息"。这都是真实的记录，园子荒芜但并不衰败。

　　除去几座殿堂我无法进去，除去那座祭坛我不能上去而只能从各个角度张望它，地坛的每一棵树下我都去过，差不多它的每一平米草地上都有过我的车轮印。无论是什么季节，什么天气，什么时间，我都在这园子里待过。有时候待一会儿就回家，有时候就待到满地上都亮起月光。记不清都是在它的哪些角落里了，我一连几小时专心致志地想关于死的事，也以同样的耐心和方式想过我为什么要出生。这样想了好几年，最后事情终于弄明白了：一个人，出生了，这就不再是一个可以辩论的问题，而只是上帝交给他的一个事实；上帝在交给我们这件事实的时候，已经顺便保证了它的结果，所以死是一件不必急于求成的事，死是一个必然会降临的节日。这样想过之后我安心多了，眼前的一切不再那么可怕。比如你起早熬夜准备考试的时候，忽然想起有一个长长的假期在前面等待你，你会不会觉得轻松一点儿，并且庆幸并且感激这样的安排？

　　剩下的就是怎样活的问题了。这却不是在某一个瞬间就能完全想透的，不是能够一次性解决的事，怕是活多久就要想它多久了，就像是伴你终生的魔鬼或恋人。所以，十五年了，我还是总得到那古园里去，去它的老树下或荒草边或颓墙旁,去默坐,去呆想,去推开耳边的嘈杂理一理纷乱的思绪,去窥看自己的心魂。十五年中,这古园的形体被不能理解它的人肆意雕琢,幸好有些东西是任谁也不能改变它的。譬如祭坛石门中的落日,寂静的光辉平铺的一刻,地上的每一个坎坷都被映照得灿烂;譬如在园中最为落寞的时间,一群雨燕便出来高歌,把天地都叫喊得苍凉;譬如冬天雪地上孩子的脚印,总让人猜想他们是谁,曾在那儿做过些什么,然后又都到哪儿去了;譬如那些苍黑的古柏,你忧郁的时候它们镇静地站在那儿,你欣喜的时候它们依然镇静地站在那儿,它们没日没夜地站在那儿从你没有出生一直站到这个世界上又没了你的时候;譬如暴雨骤临园中,激起一阵阵灼烈而清纯的草木和泥土的气味儿,让人想起无数个夏天的事件;譬如秋风忽至,再有一场早霜,落叶或飘摇歌舞或坦然安卧,满园中播散着熨帖而微苦的味道。味道是最说不清楚的,味道不能写只能闻,要你身临其境去闻才能明了。味道甚至是难于记忆的,只有你又闻到它你才能记起它的全部情感和意蕴。所以我常常要到那园子里去。

二

现在我才想到,当年我总是独自跑到地坛去,曾经给母亲出了一个怎样的难题。

她不是那种光会疼爱儿子而不懂得理解儿子的母亲。她知道我心里的苦闷，知道不该阻止我出去走走，知道我要是老待在家里结果会更糟，但她又担心我一个人在那荒僻的园子里整天都想些什么。我那时脾气坏到极点，经常是发了疯一样地离开家，从那园子里回来又中了魔似的什么话都不说。母亲知道有些事不宜问，便犹犹豫豫地想问而终于不敢问，因为她自己心里也没有答案。她料想我不会愿意她跟我一同去，所以她从未这样要求过，她知道得给我一点儿独处的时间，得有这样一段过程。她只是不知道这过程得要多久，和这过程的尽头究竟是什么。每次我要动身时，她便无言地帮我准备，帮助我上了轮椅车，看着我摇车拐出小院儿，这以后她会怎样，当年我不曾想过。

有一回我摇车出了小院儿，想起一件什么事又反身回来，看见母亲仍站在原地，还是送我走时的姿势，望着我拐出小院儿去的那处墙角，对我的回来竟一时没有反应。待她再次送我出门的时候，她说："出去活动活动，去地坛看看书，我说这挺好。"许多年以后我才渐渐听出，母亲这话实际上是自我安慰，是暗自的祷告，是给我的提示，是恳求与嘱咐。只是在她猝然去世之后，我才有余暇设想，当我不在家里的那些漫长的时间，她是怎样心神不定坐卧难宁，兼着痛苦与惊恐与一个母亲最低限度的祈求。现在我可以断定，以她的聪慧和坚忍，在那些空落的白天后的黑夜，在那不眠的黑夜后的白天，她思来想去最后准是对自己说："反正我不能不让他出去，未来的日子是他自己的，如果他真的要在那园子里出了什么事，这苦难也只好我来承担。"在那段日子里——那是好几年长的一段日子，我想我一定使母亲做过最坏的准备了，但她从来没有对我说过："你为我想想。"事实上我也真的没为她想过。那时她的儿子还太年轻，还来不及为母亲想，他被命运击昏了头，一心以为自己是世上最不幸的一个，不知道儿子的不幸在母亲那儿总是要加倍的。她有一个长到二十岁上忽然截瘫了的儿子，这是她唯一的儿子；她情愿截瘫的是自己而不是儿子，可这事无法代替。她想，只要儿子能活下去哪怕自己去死呢也行，可她又确信一个人不能仅仅是活着，儿子得有一条路走向自己的幸福，而这条路呢，没有谁能保证她的儿子终于能找到。——这样一个母亲，注定是活得最苦的母亲。

有一次与一个作家朋友聊天，我问他学写作的最初动机是什么。他想了一会儿说："为我母亲。为了让她骄傲。"我心里一惊，良久无言。回想自己最初写小说的动机，虽不似这位朋友的那般单纯，但如他一样的愿望我也有，且一经细想，发现这愿望也在全部动机中占了很大比重。这位朋友说："我的动机太低俗了吧？"我光是摇头，心想低俗并不见得低俗，只怕是这愿望过于天真了。他又说："我那时真就是想出名，出了名让别人羡慕我母亲。"我想，他比我坦率。我想，他又比我幸福，因为他的母亲还活着。而且我想，他的母亲也比我的母亲运气好，他的母亲没有一个双腿残废的儿子，否则事情就不这么简单。

在我的头一篇小说发表的时候，在我的小说第一次获奖的那些日子里，我真是多么希望我的母亲还活着。我便又不能在家里待了，又整天整天独自跑到地坛去，心里是没头没尾的沉郁和哀怨，走遍整个园子却怎么也想不通：母亲为什么就不能再多活两年？为什么在她的儿子就快要碰撞开一条路的时候，她却忽然熬不住了？莫非她来此世上只是为了替儿子担忧，却不该分享我的一点点快乐？她匆匆离我而去时才只有四十九岁呀！有那么一会儿，我甚至对世界对上帝充满了仇恨和厌恶。后来我在一篇题为《合欢树》的文章中写道："坐在小公园安静的树林里，我闭上眼睛，想：上帝为什么早早地召母亲回去呢？很久很久，迷迷糊糊地，我听见回答：'她心里太苦了，上帝看她受不住了，就召她回去。'我似乎得到一点安慰，睁开眼睛，看见风正在树林里吹过。"小公园，指的也是地坛。

只是到了这时候，纷纭的往事才在我眼前幻现得清晰，母亲的苦难与伟大才在我心中渗透得深彻。上帝的考虑，也许是对的。

摇着轮椅在园中慢慢走，又是雾罩的清晨，又是骄阳高悬的白昼，我只想着一件事：母亲已经不在了。在老柏树旁停下，在草地上在颓墙边停下，又是处处虫鸣的午后，又是鸟儿归巢的傍晚，我心里只默念着一句话：可是母亲已经不在了。把椅背放倒，躺下，似睡非睡挨到日没，坐起来，心神恍惚，呆呆地直坐到古祭坛上落满黑暗然后再渐渐浮起月光，心里才有点儿明白：母亲不能再来这园中找我了。

曾有过好多回，我在这园子里待得太久了，母亲就来找我。她来找我又不想让我发觉，只要见我还好好地在这园子里，她就悄悄转身回去；我看见过几次她的背影。我也看见过几回她四处张望的情景，她视力不好，托着眼镜像在寻找海上的一条船；她没看见我时我已经看见她了，待我看见她也看见我了我就不去看她，过一会儿我再抬头看她就又看见她缓缓离去的背影。我单是无法知道有多少回她没有找到我。有一回我坐在矮树丛中，树丛很密，我看见她没有找到我，她一个人在园子里走，走过我的身旁，走过我经常待的一些地方，步履茫然又急迫。我不知道她已经找了多久还要找多久，我不知道为什么我决意不喊她——但这绝不是小时候的捉迷藏，这也许是出于长大了的男孩子的倔强或羞涩？但这倔强只留给我痛悔，丝毫也没有骄傲。我真想告诫所有长大了的男孩子，千万不要跟母亲来这套倔强，羞涩就更不必，我已经懂了可我已经来不及了。

儿子想使母亲骄傲，这心情毕竟是太真实了，以至使"想出名"这一声名狼藉的念头也多少改变了一点儿形象。这是个复杂的问题，且不去管它了罢。随着小说获奖的激动逐日暗淡，我开始相信，至少有一点我是想错了：我用纸笔在报刊上碰撞开的一条路，并不就是母亲盼望我找到的那条路。年年月月我都到这园子里来，年年月月我都要想母亲盼望我找到的那条路到底是什么。母亲生前没给我留下过什么隽永的哲言，或要我恪守的教诲，只是在她去世之后，她艰难的命运，坚忍的意志和毫不张扬的爱，随光阴流转，在我的印象中愈加鲜明深刻。

有一年，10月的风又翻动起安详的落叶，我在园中读书，听见两个散步的老人说："没想到这园子有这么大。"我放下书，想，这么大一座园子，要在其中找到她的儿子，母亲走过了多少焦灼的路。多年来我头一次意识到，这园中不单是处处都有过我的车辙，有过我的车辙的地方也都有过母亲的脚印。

三

如果以一天中的时间来对应四季，当然春天是早晨，夏天是中午，秋天是黄昏，冬天是夜晚。如果以乐器来对应四季，我想春天应该是小号，夏天是定音鼓，秋天是大提琴，冬天是圆号和长笛。要是以这园子里的声响来对应四季呢？那么，春天是祭坛上空漂浮着的鸽子的哨音，夏天是冗长的蝉歌和杨树叶子哗啦啦地对蝉歌的取笑，秋天是古殿檐头的风铃响，冬天是啄木鸟随意而空旷的啄木声。以园中的景物对应四季，春天是一径时而苍白时而黑润的小路，时而明朗时而阴晦的天上摇荡着串串杨花；夏天是一条条耀眼而灼人的石凳，或阴凉而爬满了青苔的石阶，阶下有果皮，阶上有半张被坐皱的报纸；秋天是一座青铜的大钟，在园子的西北角上曾丢弃着一座很大的铜钟，铜钟与这园子一般年纪，浑身挂满绿锈，文字已不清晰；冬天，是林中空地上几只羽毛蓬松的老麻雀。以心绪对应四季呢？春天是卧病的季节，否则人们不易发觉春天的残忍与渴望；夏天，情人们应该在这个季节里失恋，不然就似乎对不起爱情；秋天是从外面买一棵盆花回家的时候，把花搁在阔别了的家中，并且打开窗户把阳光也放进屋里，慢慢回忆慢慢整理一些发过霉的东西；冬天伴着火炉和书，一遍遍坚定不死的决心，写一些并不发出的信。还可以用艺术形式对应四季，这样春天就是一幅画，夏天是一部长篇小说，秋天是一首短歌或诗，冬天是一群雕塑。以梦呢？以梦对应四季呢？春天是树尖上的呼喊，夏天是呼喊中的细雨，秋天是细雨中的土地，冬天是干净的土地上的一只孤零的烟斗。

因为这园子，我常感恩于自己的命运。

我甚至现在就能清楚地看见，一旦有一天我不得不长久地离开它，我会怎样想念它，我会怎样想念它并且梦见它，我会怎样因为不敢想念它而梦也梦不到它。

四

现在让我想想，十五年中坚持到这园子来的人都有谁呢？好像只剩了我和一对老人。

　　十五年前，这对老人还只能算是中年夫妇，我则货真价实还是个青年。他们总是在薄暮时分来园中散步，我不大弄得清他们是从哪边的园门进来，一般来说他们是逆时针绕这园子走。男人个子很高，肩宽腿长，走起路来目不斜视，胯以上直至脖颈挺直不动；他的妻子攀了他一条胳膊走，也不能使他的上身稍有松懈。女人个子却矮，也不算漂亮，我无端地相信她必出身于家道中衰的名门富族；她攀在丈夫胳膊上像个娇弱的孩子，她向四周观望似总含着恐惧，她轻声与丈夫谈话，见有人走近就立刻怯怯地收住话头。我有时因为他们而想起冉阿让与柯赛特，但这想法并不巩固，他们一望即知是老夫老妻。两个人的穿着都算得上考究，但由于时代的演进，他们的服饰又可以称为古朴了。他们和我一样，到这园子里来几乎是风雨无阻，不过他们比我守时。我什么时间都可能来，他们则一定是在暮色初临的时候。刮风时他们穿了米色风衣，下雨时他们打了黑色的雨伞，夏天他们的衬衫是白色的裤子是黑色的或米色的，冬天他们的呢子大衣又都是黑色的，想必他们只喜欢这三种颜色。他们逆时针绕这园子一周，然后离去。他们走过我身旁时只有男人的脚步响，女人像是贴在高大的丈夫身上跟着漂移。我相信他们一定对我有印象，但是我们没有说过话，我们互相都没有想要接近的表示。十五年中，他们或许注意到一个小伙子进入了中年，我则看着一对令人羡慕的中年情侣不觉中成了两个老人。

曾有过一个热爱唱歌的小伙子,他也是每天都到这园中来,来唱歌,唱了好多年,后来不见了。他的年纪与我相仿,他多半是早晨来,唱半小时或整整唱一个上午,估计在另外的时间里他还得上班。我们经常在祭坛东侧的小路上相遇,我知道他是到东南角的高墙下去唱歌,他一定猜想我去东北角的树林里做什么。我找到我的地方,抽几口烟,便听见他谨慎地整理歌喉了。他反反复复唱那么几首歌。"文化大革命"没过去的时候,他唱"蓝蓝的天上白云飘,白云下面马儿跑……"我老也记不住这歌的名字。"文革"后,他唱《货郎与小姐》中那首最为流传的咏叹调:"卖布——卖布嘞,卖布——卖布嘞!"我记得这开头的一句他唱得很有声势,在早晨清澈的空气中,货郎跑遍园中的每一个角落去恭维小姐。"我交了好运气,我交了好运气,我为幸福唱歌曲……"然后他就一遍一遍地唱,不让货郎的激情稍减。依我听来,他的技术不算精到,在关键的地方常出差错,但他的嗓子是相当不坏的,而且唱一个上午也听不出一点儿疲惫。太阳也不疲惫,把大树的影子缩小成一团,把疏忽大意的蚯蚓晒干在小路上。将近中午,我们又在祭坛东侧相遇,他看一看我,我看一看他,他往北去,我往南去。日子久了,我感到我们都有结识的愿望,但似乎都不知如何开口,于是互相注视一下终又都移开目光擦身而过,这样的次数一多,便更不知如何开口了。终于有一天——一个丝毫没有特点的日子,我们互相点了一下头。他说:"你好。"我说:"你好。"他说:"回去啦?"我说:"是,你呢?"他说:"我也该回去了。"我们都放慢脚步(其实我是放慢车速),想再多说几句,但仍然是不知从何说起,这样我们就都走过了对方,又都扭转身子面向对方。他说:"那就再见吧。"我说:"好,再见。"便互相笑笑各走各的路了。但是我们没有再见,那以后,园中再没了他的歌声,我才想到,那天他或许是有意与我道别的,也许他考上哪家专业的文工团或歌舞团了吧?真希望他如他歌里所唱的那样,交了好运气。

  还有一些人,我还能想起一些常到这园子里来的人。有一个老头儿,算得一个真正的饮者;他在腰间挂一个扁瓷瓶,瓶里当然装满了酒,常来这园中消磨午后的时光。他在园中四处游逛,如果你不注意你会以为园中有好几个这样的老头儿,等你看过了他卓尔不群的饮酒情状,你就会相信这是个独一无二的老头儿。他的衣着过分随便,走路的姿态也不慎重,走上五六十米路便选定一处地方,一只脚踏在石凳上或土埂上或树墩上,解下腰间的酒瓶,解酒瓶的当儿眯起眼睛把一百八十度视角内的景物细细看一遭,然后以迅雷不及掩耳之势倒一大口酒入肚,把酒瓶摇一摇再挂向腰间,平心静气地想一会儿什么,便走下一个五六十米去。还有一个捕鸟的汉子,那岁月园中人少,鸟却多,他在西北角的树丛中拉一张网,鸟撞在上面,羽毛戗在网眼里便不能自拔。他单等一种过去很多而现在非常罕见的鸟,其他的鸟撞在网上他就把它们摘下来放掉,他说已经有好多年没等到那种罕见的鸟了，他说他再等一年看看到底还有没有那种鸟，结果他又等了好多年。早晨和傍晚，在这园子里可以看见一个中年女工程师，早晨她从北向南穿过这园子去上班，傍晚她从南向北穿过这园子回家。事实上我并不了解她的职业或者学历，但我以为她必是个学理工的知识分子，别样的人很难有她那般的素朴并优雅。当她在园中穿行的时刻，四周的树林也仿佛更加幽静，清淡的日光中竟似有悠远的琴声，比如说是那曲《献给艾丽丝》才好。我没有见过她的丈夫，没有见过那个幸运的男人是什么样子，我想象过却想象不出，后来忽然懂了想象不出才好，那个男人最好不要出现。她走出北门回家去，我竟有点儿担心，担心她会落入厨房，不过，也许她在厨房里劳作的情景更有另外的美吧，当然不能再是《献给艾丽丝》，是个什么曲子呢？还有一个人，是我的朋友，他是个最有天赋的长跑家，但他被埋没了。他因为在"文革"中出言不慎而坐了几年牢，出来后好不容易找了个拉板车的工作，样样待遇都不能与别人平等，苦闷极了便练习长跑。那时他总来这园子里跑，我用手表为他计时，他每跑一圈向我招一下手，我就记下一个时间。每次他要环绕这园子跑二十圈，大约两万米。他盼望以他的长跑成绩来获得政治上真正的解放，他以为记者的镜头和文字可以帮他做到这一点。第一年他在春节环城赛上跑了第十五名，他看见前十名的照片都挂在了长安街的新闻橱窗里，于是有了信心。第二年他跑了第四名，可是新闻橱窗里只挂了前三名的照片，他没灰心。第三年他跑了第七名,橱窗里挂前六名的照片,他有点儿怨自己。第四年他跑了第三名,橱窗里却只挂了第一名的照片。第五年他跑了第一名——他几乎绝望了,橱窗里只有一幅环城赛群众场面的照片。那些年我们俩常一起在这园子里待到天黑,开怀痛骂,骂完沉默着回家,分手时再互相叮嘱:先别去死,再试着活一活看。现在他已经不跑了,年岁太大了,跑不了那么快了。最后一次参加环城赛,他以三十八岁之龄又得了第一名并破了纪录,有一位专业队的教练对他说:"我要是十年前发现你就好了。"他苦笑一下什么也没说,只在傍晚又来这园中找到我,把这事平静地向我叙说一遍。不见他已有好几年了,现在他和妻子和儿子住在很远的地方。

  这些人现在都不到园子里来了,园子里差不多完全换了一批新人。十五年前的旧人,现在就剩我和那对老夫老妻了。有那么一段时间,这老夫老妻中的一个也忽然不来,薄暮时分唯男人独自来散步,步态也明显迟缓了许多,我悬心了很久,怕是那女人出了什么事。幸好过了一个冬天那女人又来了,两个人仍是逆时针绕着园子走,一长一短两个身影恰似钟表的两支指针;女人的头发白了很多,但依旧攀着丈夫的胳膊走得像个孩子。"攀"这个字用得不恰当了,或许可以用"搀"吧,不知有没有兼具这两个意思的字。

五

我也没有忘记一个孩子——一个漂亮而不幸的小姑娘。十五年前的那个下午,我第一次到这园子里来就看见了她,那时她大约三岁,蹲在斋宫西边的小路上捡树上掉落的"小灯笼"。那儿有几棵大栾树,春天开一簇簇细小而稠密的黄花,花落了便结出无数如同三片叶子合抱的小灯笼,小灯笼先是绿色,继而转白,再变黄,成熟了掉落得满地都是。小灯笼精巧得令人爱惜,成年人也不免捡了一个还要捡一个。小姑娘咿咿呀呀地跟自己说着话,一边捡小灯笼。她的嗓音很好,不是她那个年龄所常有的那般尖细,而是很圆润甚或是厚重,也许是因为那个下午园子里太安静了。我奇怪这么小的孩子怎么一个人跑来这园子里。我问她住在哪儿,她随手指一下,就喊她的哥哥,沿墙根儿一带的茂草之中便站起一个七八岁的男孩儿,朝我望望,看我不像坏人便对他的妹妹说"我在这儿呢",又伏下身去;他在捉什么虫子。他捉到螳螂、蚂蚱、知了和蜻蜓,来取悦他的妹妹。有那么两三年,我经常在那几棵大栾树下见到他们,兄妹俩总是在一起玩儿,玩儿得和睦融洽,都渐渐长大了些。之后有很多年没见到他们。我想他们都在学校里吧,小姑娘也到了上学的年龄,必是告别了孩提时光,没有很多机会来这儿玩儿了。这事很正常，没理由太搁在心上，若不是有一年我又在园中见到他们，肯定就会慢慢把他们忘记。

那是个礼拜日的上午。那是个晴朗而令人心碎的上午。时隔多年，我竟发现那个漂亮的小姑娘原来是个弱智的孩子。我摇着车到那几棵大栾树下去，恰又是遍地落满了小灯笼的季节。当时我正为一篇小说的结尾所苦，既不知为什么要给它那样一个结尾，又不知何以忽然不想让它有那样一个结尾，于是从家里跑出来，想依靠着园中的镇静，看看是否应该把那篇小说放弃。我刚刚把车停下，就见前面不远处有几个人在戏耍一个少女，做出怪样子来吓她，又喊又笑地追逐她拦截她。少女在几棵大树间惊惶地东跑西躲，却不松手揪卷在怀里的裙裾，两条腿袒露着也似毫无察觉。我看出少女的智力是有些缺陷，却还没看出她是谁。我正要驱车上前为少女解围，就见远处飞快地骑车来了个小伙子，于是那几个戏耍少女的家伙望风而逃。小伙子把自行车支在少女近旁，怒目望着那几个四散逃窜的家伙，一声不吭喘着粗气，脸色如暴雨前的天空一样一会儿比一会儿苍白。这时我认出了他们，小伙子和少女就是当年那对小兄妹。我几乎是在心里惊叫了一声，或者是哀号。世上的事常常使上帝的居心变得可疑。小伙子向他的妹妹走去。少女松开了手，裙裾随之垂落下来，很多很多她捡的小灯笼便洒落一地，铺散在她脚下。她仍然算得漂亮，但双眸迟滞没有光彩。她呆呆地望着那群跑散的家伙，望着极目之处的空寂，凭她的智力绝不可能把这个世界想明白吧？大树下，破碎的阳光星星点点，风把遍地的小灯笼吹得滚动，仿佛喑哑地响着的无数小铃铛。哥哥把妹妹扶上自行车后座，带着她无言地回家去了。

无言是对的。要是上帝把漂亮和弱智这两样东西都给了这个小姑娘，就只有无言和回家去是对的。

谁又能把这世界想个明白呢？世上的很多事是不堪说的。你可以抱怨上帝何以要降诸多苦难给这人间，你也可以为消灭种种苦难而奋斗，并为此享有崇高与骄傲，但只要你再多想一步你就会坠入深深的迷茫了：假如世界上没有了苦难，世界还能够存在吗？要是没有愚钝，机智还有什么光荣呢？要是没了丑陋，漂亮又怎么维系自己的幸运？要是没有了恶劣和卑下，善良与高尚又将如何界定自己如何成为美德呢？要是没有了残疾，健全会否因其司空见惯而变得腻烦和乏味呢？我常梦想着在人间彻底消灭残疾，但可以相信，那时将由患病者代替残疾人去承担同样的苦难。如果能够把疾病也全数消灭，那么这份苦难又将由（比如说）相貌丑陋的人去承担了。就算我们连丑陋，连愚昧和卑鄙和一切我们所不喜欢的事物和行为，也都可以统统消灭掉，所有的人都一样健康、漂亮、聪慧、高尚，结果会怎样呢？怕是人间的剧目就全要收场了，一个失去差别的世界将是一潭死水，是一块没有感觉也没有肥力的沙漠。

看来差别永远是要有的。看来就只好接受苦难——人类的全部剧目需要它，存在的本身需要它。看来上帝又一次对了。

于是就有一个最令人绝望的结论等在这里：由谁去充任那些苦难的角色？又由谁去体现这世间的幸福、骄傲和欢乐？只好听凭偶然，是没有道理好讲的。

就命运而言，休论公道。

那么，一切不幸命运的救赎之路在哪里呢？

设若智慧或悟性可以引领我们去找到救赎之路，难道所有的人都能够获得这样的智慧和悟性吗？

我常以为是丑女造就了美人。我常以为是愚氓举出了智者。我常以为是懦夫衬照了英雄。我常以为是众生度化了佛祖。

六

设若有一位园神，他一定早已注意到了，这么多年我在这园里坐着，有时候是轻松快乐的，有时候是沉郁苦闷的，有时候优哉游哉，有时候悒惶落寞，有时候平静而且自信，有时候又软弱，又迷茫。其实总共只有三个问题交替着来骚扰我，来陪伴我。第一个是要不要去死？第二个是为什么活？第三个，我干吗要写作？

现在让我看看，它们迄今都是怎样编织在一起的吧。

你说，你看穿了死是一件无须乎着急去做的事，是一件无论怎样耽搁也不会错过的事，便决定活下去试试？是的，至少这是很关键的因素。为什么要活下去试试呢？好像仅仅是因为不甘心，机会难得，不试白不试，腿反正是完了，一切仿佛都要完了，但死神很守信用，试一试不会额外再有什么损失。说不定倒有额外的好处呢是不是？我说过，这一来我轻松多了，自由多了。为什么要写作呢？"作家"是两个被人看重的字，这谁都知道。为了让那个躲在园子深处坐轮椅的人，有朝一日在别人眼里也稍微有点光彩，在众人眼里也能有个位置，哪怕那时再去死呢也就多少说得过去了。开始的时候就是这样想，这不用保密。这些现在不用保密了。

我带着本子和笔，到园中找一个最不为人打扰的角落，偷偷地写。那个爱唱歌的小伙子在不远的地方一直唱。要是有人走过来，我就把本子合上把笔叼在嘴里。我怕写不成反落得尴尬。我很要面子。可是你写成了，而且发表了。人家说我写得还不坏，他们甚至说：真没想到你写得这么好。我心说你们没想到的事还多着呢。我确实有整整一宿高兴得没合眼。我很想让那个唱歌的小伙子知道，因为他的歌也毕竟是唱得不错。我告诉我的长跑家朋友的时候，那个中年女工程师正优雅地在园中穿行。长跑家很激动，他说好吧，我玩儿命跑，你玩儿命写。这一来你中了魔了，整天都在想哪一件事可以写，哪一个人可以让你写成小说。是中了魔了，我走到哪儿想到哪儿，在人山人海里只寻找小说，要是有一种小说试剂就好了，见人就滴两滴看他是不是一篇小说，要是有一种小说显影液就好了，把它泼满全世界看看都是哪儿有小说，中了魔了，那时我完全是为了写作活着。结果你又发表了几篇，并且出了一点儿小名，可这时你越来越感到恐慌。我忽然觉得自己活得像个人质，刚刚有点儿像个人了却又过了头，像个人质，被一个什么阴谋抓了来当人质，不定哪天就被处决，不定哪天就完蛋。你担心要不了多久你就会文思枯竭，那样你就又完了。凭什么我总能写出小说来呢？凭什么那些适合做小说的生活素材就总能送到一个截瘫者跟前来呢？人家满世界跑都有枯竭的危险，而我坐在这园子里凭什么可以一篇接一篇地写呢？你又想到死了。我想见好就收吧。当一名人质实在是太累了太紧张了，太朝不保夕了。我为写作而活下来，要是写作到底不是我应该干的事，我想，我再活下去是不是太冒傻气了？你这么想着你却还在绞尽脑汁地想写。我好歹又拧出点儿水来，从一条快要晒干的毛巾上。恐慌日甚一日，随时可能完蛋的感觉比完蛋本身可怕多了，所谓不怕贼偷就怕贼惦记，我想人不如死了好，不如不出生的好，不如压根儿没有这个世界的好。可你并没有去死。我又想到那是一件不必着急的事。可是不必着急的事并不证明是一件必要拖延的事呀！你总是决定活下来，这说明什么？是的，我还是想活。人为什么活着？因为人想活着，说到底是这么回事，人真正的名字叫作：欲望。可我不怕死，有时候我真的不怕死。有时候，——说对了。不怕死和想去死是两回事，有时候不怕死的人是有的，一生下来就不怕死的人是没有的。我有时候倒是怕活。可是怕活不等于不想活呀？

可我为什么还想活呢?因为你还想得到点儿什么,你觉得你还是可以得到点儿什么的,比如说爱情,比如说价值感之类,人真正的名字叫欲望。这不对吗?我不该得到点儿什么吗?没说不该。可我为什么活得恐慌,就像个人质?后来你明白了,你明白你错了,活着不是为了写作,而写作是为了活着。你明白了这一点是在一个挺滑稽的时刻。那天你又说你不如死了好,你的一个朋友劝你:你不能死,你还得写呢,还有好多好作品等着你去写呢。这时候你忽然明白了,你说:只是因为我活着,我才不得不写作。或者说只是因为你还想活下去,你才不得不写作。是的,这样说过之后我竟然不那么恐慌了。就像你看穿了死之后所得的那份轻松?一个人质报复一场阴谋的最有效的办法是把自己杀死。我看出我得先把我杀死在市场上,那样我就不用参加抢购题材的风潮了。你还写吗?还写。你真的不得不写吗?人都忍不住要为生存找一些牢靠的理由。你不担心你会枯竭了?我不知道,不过我想,活着的问题在死之前是完不了的。

这下好了,您不再恐慌了不再是个人质了,您自由了。算了吧你,我怎么可能自由呢?别忘了人真正的名字是:欲望。所以您得知道,消灭恐慌的最有效的办法就是消灭欲望。可是我还知道,消灭人性的最有效的办法也是消灭欲望。那么,是消灭欲望同时也消灭恐慌呢,还是保留欲望同时也保留人性?

我在这园子里坐着,我听见园神告诉我:每一个有激情的演员都难免是一个人质。每一个懂得欣赏的观众都巧妙地粉碎了一场阴谋。每一个乏味的演员都是因为他老以为这戏剧与自己无关。每一个倒霉的观众都是因为他总是坐得离舞台太近了。

我在这园子里坐着,园神成年累月地对我说:孩子,这不是别的,这是你的罪孽和福祉。

七

要是有些事我没说,地坛,你别以为是我忘了,我什么也没忘,但是有些事只适合收藏。不能说,也不能想,却又不能忘。它们不能变成语言,它们无法变成语言,一旦变成语言就不再是它们了。它们是一片朦胧的温馨与寂寥,是一片成熟的希望与绝望,它们的领地只有两处:心与坟墓。比如说邮票,有些是用于寄信的,有些仅仅是为了收藏。

如今我摇着车在这园子里慢慢走,常常有一种感觉,觉得我一个人跑出来已经玩儿得太久了。有一天我整理我的旧相册,看见一张十几年前我在这园子里照的照片——那个年轻人坐在轮椅上,背后是一棵老柏树,再远处就是那座古祭坛。我便到园子里去找那棵树。我按着照片上的背景找很快就找到了它,按着照片上它枝干的形状找,肯定那就是它。但是它已经死了,而且在它身上缠绕着一条碗口粗的藤萝。

我当然记得园工们种那棵藤萝时的情景,我却不记得是在什么时候它已经长到了碗口粗。有一天我在这园子里碰见一个老太太,她说:"哟,你还在这儿哪?"她问我:"你母亲还好吗?""您是谁?""你不记得我,我可记得你。有一回你母亲来这儿找你,她问我您看没看见一个摇轮椅的孩子?……"我忽然觉得,我一个人跑到这世界上来玩儿真是玩儿得太久了。有一天夜晚,我独自坐在祭坛边的路灯下看书,忽然从那漆黑的祭坛里传出一阵阵唢呐声。四周都是参天古树,方形的祭坛占地几百平米,空旷坦荡独对苍天,我看不见那个吹唢呐的人,唯唢呐声在星光寥寥的夜空里低吟高唱,时而悲怆时而欢快,时而缠绵时而苍凉,或许这几个词都不足以形容它,我清清醒醒地听出它响在过去,响在现在,响在未来,回旋飘转亘古不散。

必有一天,我会听见喊我回去。

那时您可以想象一个孩子,他玩儿累了可他还没玩儿够呢,心里好些新奇的念头甚至等不及到明天。也可以想象是一个老人,无可置疑地走向他的安息地,走得任劳任怨。还可以想象一对热恋中的情人,互相一次次说"我一刻也不想离开你",又互相一次次说"时间已经不早了",时间不早了可我一刻也不想离开你,一刻也不想离开你可时间毕竟是不早了。

我说不好我想不想回去。我说不好是想还是不想,还是无所谓。我说不好我是像那个孩子,还是像那个老人,还是像一个热恋中的情人。很可能是这样：我同时是他们三个。我来的时候是个孩子，他有那么多孩子气的念头所以才哭着喊着闹着要来，他一来一见到这个世界便立刻成了不要命的情人，而对一个情人来说，不管多么漫长的时光也是稍纵即逝，那时他便明白，每一步每一步，其实一步步都是走在回去的路上。当牵牛花初开的时节，葬礼的号角就已吹响。

但是太阳，他每时每刻都是夕阳也都是旭日。当他熄灭着走下山去收尽苍凉残照之际，正是他在另一面燃烧着爬上山巅布散烈烈朝晖之时。有一天，我也将沉静着走下山去，扶着我的拐杖。那一天，在某一处山洼里，势必会跑上来一个欢蹦的孩子，抱着他的玩具。

当然，那不是我。

但是，那不是我吗？

宇宙以其不息的欲望将一个歌舞炼为永恒。这欲望有怎样一个人间的姓名，大可忽略不计。

写于1989年5月5日
修改于1990年1月7日

秋天的怀念

双腿瘫痪后,我的脾气变得暴怒无常。望着望着天上北归的雁阵,我会突然把面前的玻璃砸碎;听着听着李谷一甜美的歌声,我会猛地把手边的东西摔向四周的墙壁。母亲就悄悄地躲出去,在我看不见的地方偷偷地听着我的动静。当一切恢复沉寂,她又悄悄地进来,眼边红红的,看着我。"听说北海的花儿都开了,我推着你去走走。"她总是这么说。母亲喜欢花,可自从我的腿瘫痪后,她侍弄的那些花都死了。"不,我不去!"我狠命地捶打这两条可恨的腿,喊着,"我可活什么劲!"母亲扑过来抓住我的手,忍住哭声说:"咱娘儿俩在一块儿,好好儿活,好好儿活……"

可我却一直都不知道,她的病已经到了那步田地。后来妹妹告诉我,她常常肝疼得整宿整宿翻来覆去地睡不了觉。

那天我又独自坐在屋里,看着窗外的树叶"唰唰啦啦"地飘落。母亲进来了,挡在窗前:"北海的菊花儿开了,我推着你去看看吧。"她憔悴的脸上现出央求般的神色。"什么时候?""你要是愿意,就明天?"她说。我的回答已经让她喜出望外了。"好吧,就明天。"我说。她高兴得一会儿坐下,一会儿站起:"那就赶紧准备准备。""哎呀,烦不烦?几步路,有什么好准备的!"她也笑了,坐在我身边,絮絮叨叨地说着:"看完菊花儿,咱们就去'仿膳',你小时候最爱吃那儿的豌豆黄儿。还记得那回我带你去北海吗?你偏说那杨树花是毛毛虫,跑着,一脚踩扁一个……"她忽然不说了。对于"跑"和"踩"一类的字眼儿,她比我还敏感。她又悄悄地出去了。

她出去了,就再也没回来。

邻居们把她抬上车时,她还在大口大口地吐着鲜血。我没想到她已经病成那样。看着三轮车远去,也绝没有想到那竟是永远的诀别。

邻居的小伙子背着我去看她的时候,她正艰难地呼吸着,像她那一生艰难的生活。别人告诉我,她昏迷前的最后一句话是:"我那个有病的儿子和我那个还未成年的女儿……"

又是秋天,妹妹推我去北海看了菊花。黄色的花淡雅,白色的花高洁,紫红色的花热烈而深沉,泼泼洒洒,秋风中正开得烂漫。我懂得母亲没有说完的话。妹妹也懂。我俩在一块儿,要好好儿活……

1981年

死神的克星

我今年三十二岁,双腿瘫痪十二年了。1969年我去延安插队,干了三年,腿坏了,转回北京。回京后住了一年多医院,大夫们想了很多办法,腿还是没有治好。之后我在一家街道小工厂工作。

近几年我学着写小说,先后发表了一些。

曾有人问过我:双腿瘫痪后你是怎样打算的?我稍有犹豫,但还是说了实话:打算去死。问话的人不太愿意相信,希望我不要太谦虚。过了一会儿我们俩全笑了,因为都明白:并没有以曾经想去死来表现谦虚的逻辑。就我所知,很多"半路出家"的残废人也都和我一样,残废后的第一个念头就是想去死,而且这念头还有着长久的诱惑力。有些人真就死去了。有些人活了过来,并且在为社会尽着自己的所能。我不知道其他活过来的人都是怎样摆脱了死神的诱惑的。我只是说说我自己与死神打交道的过程。

我不算自强者,因为光凭我自己,是无论如何强不起来的。我是个幸运儿，因为我有很多关心我、爱护我的亲人和朋友。如果没有他（她）们，1972年我就去见上帝了。

1971年底，我还不满二十一岁，双腿开始"背叛"我，先是疼，麻木，继而行走无力，肌肉萎缩，变得像两根丑陋的"三节棍"。我不强，我哭，喊，没人的时候双手合十向上帝祈祷。上帝强，下决心不宽恕我。我不知道什么时候得罪了他！病因找不到，所有的中西医疗法几乎都用过了，无效，而且控制不住病情的发展。1972年底，两条腿彻底跟我划清了"界限"，"雷打不动"了。现在说起来，可以稍微来点"嘻嘻哈哈"，当时可没有这份雅兴。我认认真真地想去投靠死神，准备好了一套装置，想出了一个自杀的妙招儿。可是，就在我去执行的那一瞬间，我才发现此招儿远不够妙——它不能帮我克服对亲人和朋友们的思念。

我怕父母伤心。自我病后，母亲变老了。那年冬天的一个晚上，母亲又做了我最爱吃的饭菜，冒了风雪，想赶在晚饭之前给我送到医院来。她走得匆忙——用棉垫把饭盒包起来——为了饭菜不至于变凉。正是下班的时候，车很挤，母亲摔倒了，嘴磕在路边的石头上，磕掉了两颗门牙。饭菜却没有撒，她又提着回去，让父亲给我送来。她不愿意让我知道，不愿意增加我的痛苦。父母的心比我还要苦。我不能让父母盼到的是一个自杀的儿子。

我怕朋友们失望。那些日子，每隔三四天我就能收到一封陕北的来信，是还在那儿插队的同学写来的。他（她）们先是劝慰我、鼓励我，之后又骂我，骂我软弱，骂我无能。他（她）们了解我，知道给我劝慰不如给我刺激。其实，那时对于我，劝慰和刺激都不管多大用了，管用的是朋友们的一片苦心，是这友情！在北京的朋友们几乎天天来医院看我，给我送来书，送来外面的新闻，送来欢乐；有时候他（她）们在外面聚餐，也忘不了把我的一份留出来，带给我。多少个下午，他（她）们陪我坐到暮色浓重、星光闪闪的时候，我的心充满了对他（她）们的依恋。我不能死，我不能让朋友们的希望落空，我不能让他（她）们有一天来看我时，只看见一张空空的床。

我还怕在妹妹幼小的心灵上留下太重的创伤。那时候，妹妹才八岁。她小时候总骄傲地向别人说，我哥哥如何如何……我不能让她以后不敢再对别人说起她的哥哥。

我又想起插队时的乡亲们，尤其想起和我一起喂牛的老汉（就是《我的遥远的清平湾》中所写的"破老汉"）。有人给我介绍了个偏方：穿肠骨，焙干研碎了吃。穿肠骨就是狼粪中没有消化的碎骨头。我写信到陕北去。"破老汉"漫山遍野地找，找到了一小把，托回北京的同学给我捎了来。陕北的狼不多，他一定费了好大力气。他那时总叫我"憨娃娃"。"憨娃娃"真的要自杀不成？

还有友谊医院神经科的大夫、护士们。虽然他（她）们没能治好我的病，可他（她）们为我的病不知开了多少次会，花了多少心血。他们因为没能治好我的病，心里非常难过。

我那时没有公费医疗的待遇，大夫们想办法让我少花钱，把对我的治疗和科研结合起来。我不能让这一切都以我的自杀而告终。

还有为我的病跑前跑后的邻居、街坊、同学们的父母，和一些原来并不相识的人……

那时，我有一个可诅咒的愿望：人们不要对我这样好，不要这么关心我，最好都对我冷漠，都讨厌我、恨我……那样，我就可以安心地去死了，我就可以轻松了。然而，他（她）们关心我，爱我。而我越是想死，也就越是舍不得他（她）们，怕负了他（她）们的心。我死不成，死神不接纳我，因为爱神在我身边。

死神最初的克星不是别的，是爱，是人与人之间美好的关系，真挚而深厚的情谊。

从这方面讲，我的命运真好。我这一生，最能引为骄傲的绝不是我写出过什么作品，而是我有很多真正的朋友，我到处都碰上好人。并不是说，我没有遭到过冷遇和歧视，我是说，在我周围，在我们的时代，爱神本比死神强大得多。我常想，本没有天生软弱和悲观的人，当爱神的力量更趋强大之日，任何一个伤残人都会是坚强和乐观的。

爱神护卫着我，但死神还不肯离去。我不能死，并不是我不再想死。仅仅为了不使亲人、朋友们伤心而活着，活得并不心安理得。当别人看你时的目光总掩饰不住地流露出怜爱、惋惜和遗憾的时候；当别人进了工厂、进了大学、进了研究生院,而你只是躺在那儿、坐在那儿,被关心、被爱护、被供养的时候,死神就仍具魅力。"我算什么?我活着有什么用?!"——这个念头总是折磨着我。我真不是个强者,我又哭、又喊,无缘无故地大发雷霆,抱怨命运的不公,诅咒病魔的无情……然而,哭了个天昏地暗,骂了个口燥舌干,命运还是命运,双腿仍是"岿然不动"。只是把亲友们弄得更加痛苦、惶然,与我说话时更用了小心翼翼的语气,大气儿都不敢出,我的心也更痛苦。真的,这事谁也救不了你,而且越是这样,你就越是显得可怜。

我发够了邪火,冷静了下来。我想到自己还能够做什么,还能够对别人有什么用。我总觉得,人完全不想到自己是不可能的。当一个人感到自己是个多余的人,只是享受着他人的关怀和帮助,而不能对他人也有点儿用处,那么,乐观和坚强就仍然离他很远,死神就还会在近处向他召唤。

使自己对他人、对社会有些用处,这是死神的又一颗克星。

我想借此机会向正在苦斗着的"难友"谈一点体会。我想,要使自己的能力得到最大限度的发挥,光有刻苦顽强的精神还不行,还必须得有点儿科学头脑,做到知己知彼。所谓知己,就是要对自己的所长有个正确的判断。一个有数学才能的人,如果硬是要学毕加索,其希望大约总是渺茫;一个在美术方面有才能的人,倘若决心要做陈景润,其结果或许只有苦闷。像达·芬奇那样的全才是很少的,而且随着各门科学的日益发展，随着人类知识的日趋丰富，全才更会少见。但我深信，每一个人都至少会在某一方面有所长，或者数理化，或者文史哲，或者音体美，或者其他行业。知己是重要的。然后还要知彼。彼，指的是客观条件。譬如我，从来没进过大工厂，如果偏要写工业题材的小说，失败便是注定的。为什么东北三省的冰雪运动水平高？因为那儿寒冷，冰多雪多。为什么两广的水上运动成绩好？那儿水多，气候温暖。彼，还指社会需要。不能否认，人们选择职业不可能做到"随心所欲"，如果不能把理想和现实统一到一个最佳状态，则难免会陷入理想不能实现（大事做不来，小事又不做）的苦闷之中。总之，知己知彼，扬长避短，脚踏实地，再加上刻苦精神，每一个人都能在某一方面做出点成绩。

我常常庆幸自己及时明白了这些。

1973年我出院后，决定试试活几年看。既如此决定，便开始考虑做什么。那时，我的同学和朋友们多数在自学数理化。我也很受吸引。但我很快在这条路上止步了，原因有两个：一个是，我料到我既不可能进大学，也不可能进工厂去搞技术革新；另一个是，我知道自己在数理化方面绝无所长，我上中学时的数理化成绩一直不算好。于是我开始学外语。学外语，搞翻译，似乎是残废人得天独厚的一项事业，有书、时间足矣。我学了一年。忽然意识到，不会有人来请我去口译，当时我也找不到任何可供笔译的材料。而二十多岁不再是可以光学不做的时候了。光学不做将会等于零。我又开始认真分析自己，分析客观条件。我想到了过去一直不敢去想的事：写作。那动乱的年代，使我对生活有了很多感受；在那是非颠倒的岁月，我产生了呼喊的欲望；普通人的生活、命运，和普通人美好的心灵、追求、愿望，也总在感动着我……再一个推动我去写作的原因，说起来很可笑：我记得我上学时候的作文成绩一直是不错的，而且我对文学有着浓厚的兴趣。这样，我开始试着写。知己知彼之后，再去一条路走到黑，再去"不问收获，只问耕耘"！

五年来，我写了二十万字左右的小说，陆续发表了《法学教授及其夫人》《我的遥远的清平湾》等二十几篇作品，加入了中国作家协会和北京作家协会。我写得很少，也很差。但我活着毕竟有了点用，这使我有了活下去的信心。我找到了自己的所长，并不是说我写得很好。我的所长和别人比起来仍然很短，但那确是我的所长。这倒要引一句名言来为自己开脱："人的能力有大小。"我深知自己的局限。我找到了自己的所长，并且要继续努力去做，我感到自己的存在不再近乎多余，死神渐渐离我远去。

我希望我的"难友"们也能尽快找到自己的所长，并得到发挥这所长的用武之地，增添生活的信心。信心之神出现的时候，死神的买卖就要萧条了。

现在有句时髦的话："幸福不在达到目的之后，而在为一个理想而奋斗的过程之中。"我绝不是说这句话不对，而是觉得仅仅把这句话作为一种时髦的豪言壮语，就太有负于这句话的深意了。说这话不是为了壮胆儿,也与阿Q的精神胜利法无缘,我想,这话最初一定出自一位最富自信者之口。自信心产生于正确的信念和勇敢,未必非要众口皆碑的成果和辉煌的声名来支撑不可。

这些我曾经不懂。在我已经很会抑扬顿挫地说那句话的时候,我却总在为自己的作品不能成功、自己的名字不能排成铅字而苦恼。我那时真是急功近利。说一件事请朋友们别笑话:那时我做梦也梦见别人夸我身残志不残,甚至常常白日做梦——电视屏幕上出现了我的影像。这也许比胸无大志或萎萎靡靡好一点儿。但如果自己弄不清,从而不相信自己所作所为的目的,而总被别人的褒贬所左右,或总得依靠电视和铅字去判断的话,大约仍会落得见异思迁、一事无成的结果。赶潮流的悲哀在于总是步他人之后尘,总也不了解自己,总也不相信自己,总被潮流牵着鼻子走。鼻子又长在前边,自己自然就落在了后边;落在后边还是稀里糊涂地羡慕前边,只好又把鼻子往前送,被牵着。许多时光就流逝了。回首时发现,生活中排满了慌慌张张的、既无欢乐又无意义的脚印。我在"四人帮"横行时期,就开始尝试写作了。那时我虽然已经懂得,没有真实就谈不上文学,但我还是尽量使自己的尝试适合于"三突出"之类,想办法去写了虚假而美妙的生活。因为我想成功,想看见自己的名字被排成铅字,而不那样去写则不可能成功,可我又不想总是失败。这是过去的事了。现在报纸上报道的蒋筑英、罗健夫等人当然都是名副其实的，值得羡慕和学习。但他们做出成就的时候，可能正是不允许报道他们的时候，正因为他们不为当时的舆论所左右，他们才能那样坚持地做下去，以至今天他们被证明是真正于人民有益的人。我想，他们那时一定坚信自己所选择的路是于人民有益的，正是这种坚定的自信心，使他们终能实现自己的目标。当然，自信心的建立，要靠学习，学习马克思主义，也学世上的其他科学知识。可以肯定，现在也有并未被记者发现的人，正在步履坚实地走着自己的路，为人民尽着自己所能。也许他们到死都没有上报纸、上电视的机会，但他们深信自己的劳动是于人民有利的，所以他们走得坚定，活得乐观；他们真正懂得那句话："幸福在为一个理想而奋斗的过程中。"我就认识一些这样的人，其中有一个也是残废人，就我看，他的美术创作是于人民有益的，艺术水平也不低，但他屡遭挫折。别人安慰他："别难过。"他说："我早把痛苦卖了。"说得幽默、乐观、自信。

正确的信念和坚定的自信心，又是死神的一颗克星。

有了这颗星，就可以平心静气地往前走，既无好高骛远的烦恼，也没有萎萎靡靡的苦闷。

人有时缺乏判断的能力，总为别人的褒贬所左右，实在是件苦事。人们都在追求幸福和欢乐，而如果一个人不能为他人做点有益的事，真正的欢乐和幸福就难实现。正确的信念和坚定的自信心，可以把"地狱"变成天堂。

这颗星于残废人尤为重要！

残废人最渴望在事业上做出成绩来弥补自己的缺陷,最渴望在别人眼睛里改变这残废的形象,因而也最有为别人的褒贬所左右的危险。

我认识一个双腿残废的朋友,是木工。他走路也要挂双拐,但他独自就可以做成大衣柜,做成各种各样漂亮的家具。我从心里佩服他。可他近来忽然很苦恼,他想改行学外语或写小说,为什么?他不说。我想,这大概与报纸上的"身残志不残"者多数是因为写了论文、翻译了书籍、搞成了技术革新等等有关。他的心情我非常理解。我真想跟他说:"不必怀疑自己的路。"可我这人毛病多,深怕他会不高兴,因为我的名字毕竟是排成了铅字——有"站着说话不腰疼"之嫌。其实,我的名字被排成铅字,纯粹是行业决定的,小说写得再差,名字总得落在前面,而评论者也只可指名道姓地去批评。未必是变成了铅字的人就一定付出的努力最多,做出的贡献最大。自强者不是用论文来考取的。没有名声而仍然坚定地走自己的路,就是强者,并非上了报纸才能证明"志不残"。

残废人最忌恨的是被歧视。毋庸讳言,对残废人的歧视在今日某些人中间并未绝迹。恶语中伤并不可怕,我们同情那些无知的人。可怕的是歧视会造成我们自己心理的畸形,这畸形的心理又引着我们去做错事,于是又助长了歧视。譬如,你写了一篇很差劲的小说,自己都明白是假的,是胡编的,而人家考虑到你是个残废人,给你发表了。正当你扬扬自得之际,你忽然听到了这样的对话——"这叫什么玩意儿呀?纯粹瞎编!"有人说。"咳!这是个残废人写的,还要怎么样?"另外的人说。呜呼!对正常人来说是可耻的行为,在残废人却能得到宽容。为什么呢?请听另外一种场合的对话——甲:"你这台录音机的声音真差!"乙:"这是处理品,你还要怎么样?"天哪!你的努力原本是为了粉碎歧视,这时候你却发现,是在给歧视提供着帮助。你之所以得到宽容,只是因为你类似处理品!死神在哪儿啊?!不过这回我们没有怨恨命运的权利,是我们自己在铸造着歧视。残废人真正的难处就在于得在歧视中保持自己正常的心理。必须这样,虽然不易。在我的小说《午餐半小时》被批评的时候,有个好心人对我说:"那些批评你的人不了解你的情况,我已经跟他们说了你的情况,他们不应该批判你……"我深深地感谢这个好心人对我的关怀,但我当时心里却升起一种无可言状的悲哀。我真想求他们批判我,假如我有错误的话。因为我想做一个与大家平等的人!我有写作的权利,有发表作品的权利,也有被批判的权利。人们可以原谅小孩子,因为他们小;法律可以宽容精神病患者,因为他们疯。可我们如果确是"志不残"者,我们为什么要丢却健康人都有的权利呢?!那时候我开始想这个问题:残废人要争得与正常人平等的权利,最好自己先忘却自己的残废,不要让残疾成为掩盖任何错误的借口。(顺带说一句:所以我总希望别人评论我的作品,只从作品本身的好坏出发。)

我还有一个也许是不近人情的想法,我不爱听"身残志不残"这句话,尤其是这五个字意味着一种表彰的时候。在我看来,身残志不残是极正常、极应当的事,为什么要把它作为一种特殊的荣誉呢?任何人不管他是身残还是健康,都应该是志不残的。我们也应该像正常人那样,严格要求自己,不要用身残志应残来原谅自己,姑息自己。我深知,人们这样说,是为了鼓励我们,关心我们。可我们残废人切不可满足于这样一种对待,觉得自己志不残有多么了不起。

我只想做一个与正常人平等的人。如果我们的画画得好,我们希望能载入画册;如果我们的小说写得不错,我们希望真能流传;如果我们工作得好,我们乐意接受奖状和奖金。——因为我们得像健康人一样地要求自己,那样,歧视才会慢慢消失,残废的痛苦才能接近消除。死神气息奄奄。

又一颗死神的克星升起来了,名字叫作:平等。

在平等之光的照耀下,残废人才可以做各种平等的追求。譬如爱情!我知道,"爱情"二字会在大多数残废人心底激起波澜,常常还包含着深重的痛苦。因为在这个领域中,歧视的势力最强大,多数场合我们打不过它。但这并不意味着我们得"躲进小楼成一统",渴望爱情而又不敢去追求。应该说,对别人是天经地义的事,对我们也是地义天经,因为我们是同样的人。假如你真的爱对方,对方也真正地爱你,你就去追求!消灭软弱,就是冒点儿傻气也无妨。因为什么?因为爱得真挚!这一个理由就足够。这一个理由可以支持你去追求，但这一个理由却难保证你不失败（歧视势力太强大）。这不公正，但有时这却是事实。原因很多，譬如说：谁也不愿意自己的双亲为此而心肌梗塞，尤其是善良的人，更会在这种局面之下软弱。别太怪他（她）们，也别过分记恨他（她）们的双亲。恨改变不了什么，何况他（她）们的双亲在其他方面也是好人。你不得不承认这个现实。你找个地方去哭一回也行，去喝两杯也行，然后你还得振作。可别因此而降低爱情的标准，可别把神圣的爱情变成凑合。当然不能凑合，残废人也是要有爱情，不是要请保姆。因为我们又记起了，我们不是处理品，我们是同样的人。我们都在讴歌真正的爱情，都在贬斥没有爱情的结合，我们也奉行这一原则。我们追求，但没有谁给你打包票——你一定能追求到，因为这儿没有一个童话的结尾，这儿是实实在在的生活。

忽然，死神又恢复了力气，大喊："既然如此，不如早些跟我来！"死神的这一招儿真厉害，他说："早些跟我来，虽然不能增加你的欢乐，却可以减少（或缩短）你的痛苦。"

你一想，也真对，可当你要去执行的那一瞬间，你会发现你又绕回来了——死神最初的克星又升起来了，就是那颗爱之星。你的亲人和朋友们还活着，他（她）们会因为你的死而更加痛苦的。唉唉！你那么憎恨痛苦，可你就不愿意用你的力气去为别人减少一些痛苦，倒乐意以自己的逃跑为别人、为你的亲人和朋友增添痛苦！人类存在着，这是一个无可争辩的事实。怎么对待这个事实，就是人类各种哲理的发源。

诸颗克星轮番升起，以车轮大战的战术把死神逼进了绝境，把死神还给了死神。我想，在这么多颗星中，第一颗星最重要，就是爱，就是人与人之间的美好关系。其他道理，人都可以悟透，唯当爱之星泯灭的时候，死神才能得逞。我又想起了我是个幸运儿。我也想到了一些不走运的人。活着，就去为这颗星增光吧！施展你的力气！在这种施展中你会多些欢乐。生活并非只有痛苦，用你的力量去敲碎这些痛苦，去为铲除种种痛苦的根源做些事，哪怕是微乎其微呢。欢乐女神就在这时降临了，光顾咱们了！

那些星的名字叫：爱、信念、自信、平等……我更要感谢爱之星，感谢所有关怀我、爱护我的人。我不是自强者，是那些可爱的人们救助了我。

1983年8月

合欢树

　　十岁那年，我在一次作文比赛中得了第一。母亲那时候还年轻，急着跟我说她自己，说她小时候的作文做得还要好，老师甚至不相信那么好的文章会是她写的，"老师找到家来问，是不是家里的大人帮了忙。我那时可能还不到十岁呢。"我听得扫兴，故意笑："可能？什么叫可能还不到？"她就解释。我装作根本不再注意她的话，对着墙打乒乓球，把她气得够呛。不过我承认她聪明，承认她是世界上长得最好看的女的。她正给自己做一条蓝地白花的裙子。

　　二十岁，我的两条腿残废了。除去给人家画彩蛋，我想我还应该再干点别的事，先后改变了几次主意，最后想学写作。母亲那时已不年轻，为了我的腿，她头上开始有了白发。医院已经明确表示，我的病目前没办法治。母亲的全副心思却还放在给我治病上，到处找大夫，打听偏方，花很多钱。她倒总能找来些稀奇古怪的药，让我吃，让我喝，或者是洗、敷、熏、灸。"别浪费时间啦！根本没用！"我说。我一心只想着写小说,仿佛那东西能把残疾人救出困境。"再试一回,不试你怎么知道有用没用?"她说。每一回都虔诚地抱着希望。然而对我的腿,有多少回希望就有多少回失望。最后一回,我的胯上被熏成烫伤。医院的大夫说,这实在太悬了,对于瘫痪病人,这差不多是要命的事。我倒没太害怕,心想死了也好,死了倒痛快。母亲惊惶了几个月,昼夜守着我,一换药就说:"怎么会烫了呢?我还直留神呀!"幸亏伤口好起来,不然她非疯了不可。

后来她发现我在写小说。她跟我说:"那就好好写吧。"我听出来,她对治好我的腿也终于绝望。"我年轻的时候也最喜欢文学。"她说。"跟你现在差不多大的时候,我也想过搞写作。"她说。"你小时候的作文不是得过第一?"她提醒我说。我们俩都尽力把我的腿忘掉。她到处去给我借书,顶着雨或冒了雪推我去看电影,像过去给我找大夫、打听偏方那样,抱了希望。

三十岁时,我的第一篇小说发表了,母亲却已不在人世。过了几年,我的另一篇小说又侥幸获奖,母亲已经离开我整整七年。

获奖之后,登门采访的记者就多。大家都好心好意,认为我不容易。但是我只准备了一套话,说来说去就觉得心烦。我摇着车躲出去。坐在小公园安静的树林里,我闭上眼睛,想:上帝为什么早早地召母亲回去呢?很久很久,迷迷糊糊的,我听见回答:"她心里太苦了。上帝看她受不住了,就召她回去。"我似乎得到一点儿安慰,睁开眼睛,看见风正在树林里吹过。

我摇车离开那儿,在街上瞎逛,不想回家。

母亲去世后,我们搬了家。我很少再到母亲住过的那个小院儿去。小院儿在一个大院儿的尽里头,我偶尔摇车到大院儿去坐坐,但不愿意去那个小院儿,推说手摇车进去不方便。院儿里的老太太们还都把我当儿孙看,尤其想到我又没了母亲,但都不说,光扯些闲话,怪我不常去。我坐在院子当中,喝东家的茶,吃西家的瓜。有一年,人们终于又提到母亲:"到小院儿去看看吧,你妈种的那棵合欢树今年开花儿了!"我心里一阵抖,还是推说手摇车进出太不易。大伙儿就不再说,忙扯些别的,说起我们原来住的房子里现在住了小两口,女的刚生了个儿子,孩子不哭不闹,光是瞪着眼睛看窗户上的树影儿。

我没料到那棵树还活着。那年,母亲到劳动局去给我找工作,回来时在路边挖了一棵刚出土的"含羞草"。以为是含羞草,种在花盆里长,竟是一棵合欢树。母亲从来喜欢那些东西,但当时心思全在别处。第二年合欢树没有发芽,母亲叹息了一回,还不舍得扔掉,依然让它长在瓦盆里。第三年,合欢树却又长出叶子,而且茂盛了。母亲高兴了很多天,以为那是个好兆头,常去侍弄它,不敢再大意。又过一年,她把合欢树移出盆,栽在窗前的地上,有时念叨,不知道这种树几年才开花。再过一年,我们搬了家,悲痛弄得我们都把那棵小树忘记了。

　　与其在街上瞎逛，我想，不如就去看看那棵树吧。我也想再看看母亲住过的那间房。我老记着，那儿还有个刚来到世上的孩子，不哭不闹，瞪着眼睛看树影儿。是那棵合欢树的影子吗？小院儿里只有那棵树。

　　院儿里的老太太们还是那么欢迎我，东屋倒茶，西屋点烟，送到我眼前。大伙儿都不知道我获奖的事，也许知道，但不觉得那很重要；还是都问我的腿，问我是否有了正式工作。这回，想摇车进小院儿真是不能了。家家门前的小厨房都扩大，过道儿窄到一个人推自行车进出也要侧身。我问起那棵合欢树。大伙儿说，年年都开花，长到房高了。这么说，我再看不见它了。我要是求人背我去看，倒也不是不行。我挺后悔前两年没有自己摇车进去看看。

　　我摇着车在街上慢慢走，不急着回家。人有时候只想独自静静地待一会儿。悲伤也成享受。

　　有一天那个孩子长大了，会想起童年的事，会想起那些晃动的树影儿，会想起他自己的妈妈。他会跑去看看那棵树。但他不会知道那棵树是谁种的，是怎么种的。

1985 年

好运设计

要是今生遗憾太多，在背运的当儿，尤其在背运之后情绪渐渐平静了或麻木了，你独自待一会儿，抽支烟，不妨想一想来世。你不妨随心所欲地设想一下（甚至是设计一下）自己的来世。你不妨试试。在背运的时候，至少我觉得这不失为一剂良药——先可以安神，而后又可以振奋。就像输惯了的赌徒把屡屡的败绩置于脑后，输光了裤子也还是对下一局存着饱满的好奇和必赢的冲动。这没有什么不好。这有什么不好吗？无非是说迷信，好吧，你就迷信他一回。无非是说这不科学，行，况且对于走运和背运的事实，科学本来无能为力。无非说这是空想，这是自欺，这是做梦，没用。那么希望有用吗？希望是不是必得在被证明了是可以达到的之后才能成立？当然，这些差不多都是废话，背了运的时候哪想得起来这么多废话？背了运的时候只是想走运有多么好，要是能走运有多好。到底会有多好呢？想想吧，想想没什么坏处，干吗不想一想呢？我就常常这样去想，我常常浪费很多时间去做这样的蠢事。

我想，倘有来世，我先要占住几项先天的优越：聪明、漂亮和一副好身体。命运从一开始就不公平，人一生下来就有走运的和不走运的。譬如说一个人很笨，生来就笨，这该怨他自己吗？然而由此所导致的一切后果却完全要由他自己负责——他可能因此在兄弟姐妹之中是最不被父母喜爱的一个，他可能因此常受老师的斥责和同学们的嘲笑，他于是便更加自卑、更加委顿，饱受了轻蔑终也不知这事到底该怨谁。再譬如说，一个人生来就丑，相当丑，再怎么想办法去美容都无济于事，这难道是他的错误是他的罪过？不是。好，不是。那为什么就该他难得姑娘们的喜欢呢？因而婚事就变得格外困难，一旦有个漂亮姑娘爱上他却又赢得多少人的惊诧和不解；终于有了孩子，不要说别人就连他自己都希望孩子长得千万别像他自己。为什么就该他是这样呢？为什么就该他常遭取笑，常遭哭笑不得的外号，或者常遭怜悯，常遭好心人小心翼翼地对待呢？再说身体，有的人生来就肩宽腿长潇洒英俊（或者婀娜妩媚娉娉婷婷），生来就有一身好筋骨，跑得也快跳得也高，气力足耐力又好，精力旺盛，而且很少生病，可有的人却与此相反生来就样样都不如人。对于身体，我的体会尤甚。譬如写文章，有的人写一整天都不觉得累，可我连续写上三四个钟头眼前就要发黑。譬如和朋友们一起去野游，满心欢喜妙想联翩地到了地方，大家的热情正高雅趣正浓，可我已经累得只剩了让大家扫兴的份儿了。所以我真希望来世能有一副好身体。今生就不去想它了，只盼下辈子能够谨慎投胎，有健壮优美如卡尔·刘易斯一般的身材和体质，有潇洒漂亮如周恩来一般的相貌和风度，有聪明智慧如阿尔伯特·爱因斯坦一般的大脑和灵感。

既然是梦想不妨就让它完美些罢。何必连梦想也那么拘谨那么谦虚呢？我便如醉如痴并且极端自私自利地梦想下去。

降生在什么地方也是件相当重要的事。二十年前插队的时候，我在偏远闭塞的陕北乡下，见过不少健康漂亮尤其聪慧超群的少年，当时我就想，他们要是生在一个恰当的地方他们必都会大有作为，无论他们做什么他们都必定成就非凡。但在那穷乡僻壤，吃饱肚子尚且是一件颇为荣耀的成绩，哪还有余力去奢想什么文化呢？所以他们没有机会上学，自然也没有书读，看不到报纸电视甚至很少看得到电影，他们完全不知道外面的世界是什么样子，便只可能遵循了祖祖辈辈的老路，日出而作日入而息，春种秋收夏忙冬闲，日复一日年复一年。光阴如常地流逝，然后他们长大了，娶妻生子成家立业，才华逐步耗尽变作纯朴而无梦想的汉子。然后，可以料到，他们也将如他们的父辈一样地老去，唯单调的岁月在他们身上留下注定的痕迹，而人为什么要活这一回呢？却仍未在他们苍老的心里成为问题。然后，他们恐惧着、祈祷着、惊慌着听命于死亡随意安排。再然后呢？再然后倘若那地方没有变化，他们的儿女们必定还是这样地长大、老去、磨钝了梦想，一代代去完成同样的过程。或许这倒是福气？或许他们比我少着梦想所以也比我少着痛苦？他们会不会也设想过自己的来世呢？没有梦想或梦想如此微薄的他们又是如何设想自己的来世呢？我不知道。我不知道。我只希望我的来世不要是他们这样，千万不要是这样。

那么降生在哪儿好呢？是不是生在大城市，生在个贵府名门就肯定好呢？父亲是政绩斐然的总统，要不是个家藏万贯的大亨，再不就是位声名赫赫的学者，或者父母都是不同寻常的人物，你从小就在一个备受宠爱备受恭维的环境中长大，呈现在你面前的是无忧无虑的现实，绚烂辉煌的前景，左右逢源的机遇，一帆风顺的坦途……不过这样是不是就好呢？一般来说这样的境遇也是一种残疾，也是一种牢笼。这样的境遇经常造就着蠢材，不蠢的几率很小，有所作为的比例很低，而且大凡有点儿水平的姑娘都不肯高攀这样的人；固然他们之中也有智能超群的天才，也有过大有作为的人物，也出过明心见性的悟者，但毕竟几率很小比例很低。这就有相当大的风险，下辈子务必慎重从事，不可疏忽大意不可掉以轻心，今生多舛来生再受不住是个蠢材了。

生在穷乡僻壤，有孤陋寡闻之虞，不好。生在贵府名门，又有骄狂愚妄之险，也不好。

生在一个介于此二者之间的位置上怎么样？嗯，可能不错。

既知晓人类文明的丰富璀璨,又懂得生命路途的坎坷艰难,这样的位置怎么样?嗯,不错。

既了解达官显贵奢华而危惧的生活,又体会平民百姓清贫而深情的岁月,这位置如何?嗯!不错,好!

既有博览群书并入学府深造的机缘,又有浪迹天涯独自在社会上闯荡的经历;既能在关键时刻得良师指点如有神助,又时时事事都要靠自己努力奋斗绝非平步青云;既饱尝过人情友爱的美好,又深知了世态炎凉的正常,故而能如罗曼·罗兰所说:"看清了这个世界,而后爱它。"——这样的位置可好?好。确实不错。好虽好,不过这样的位置在哪儿呢?

在下辈子。在来世。只要是好,咱可以设计。咱不慌不忙仔仔细细地设计一下吧。我看没理由不这样设计一下。甭灰心,也甭沮丧,真与假的说道不属于梦想和希望的范畴,还是随心所欲地来一回"好运设计"吧。

你最好生在一个普通知识分子的家庭。

也就是说,你父亲是知识分子但千万不要是那种炙手可热过于风云的知识分子,否则,"贵府名门"式的危险和不幸仍可能落在你头上:你将可能没有一个健全、质朴的童年,你将可能没有一群浪漫无猜的伙伴,你将会错过唯一可能享受到纯粹的友情、感受到圣洁的忧伤的机会,而那才是童年,才是真正的童年。一个人长大了若不能怀恋自己童年的痴拙,若不能默然长思或仍耿耿于怀孩提时光的往事,当是莫大的缺憾;对于我们的"好运设计",则是个后患无穷的错误。你应该有一大群来自不同家庭的男孩儿和女孩儿做你的朋友,你跟他们一块儿认真地吵架并且翻脸,然后一块儿哭着和好如初。把你的秘密告诉他们,把他们告诉给你的秘密对任何人也不说。你们定一个暗号,这暗号一经发出你们一个个无论正在干什么也得从家里溜出来,密谋一桩令大人们哭笑不得的事件。当你父母不在家的时候,随便找个理由把你的好朋友都叫来——比如说为了你的生日或为了离你的生日还差一个多月,你们痛痛快快随心所欲地折腾一天,折腾饿了就把冰箱里能吃的东西都吃光,然后继续载歌载舞地庆祝,直到不小心把你父亲的一件贵重艺术品摔成分文不值,你们的汗水于是被冻僵了一会儿,但这是个机会是你为朋友们献身的时刻,你脸色煞白但拍拍胸脯说这怕什么这没啥了不起,随后把朋友们都送走,你独自胆战心惊地策划一篇谎言(要是你家没有猫,你记住:邻居家不一定都没有猫)。你还可以跟你的朋友们一起去冒险,到一个据说最可怕的地方,比如离家很远的一片野地、一幢空屋、一座孤岛,孤岛上废弃的古刹、古刹四周阴森零落的荒冢……都是可供选择的地方。你从自己家的抽屉里而不要从别人家的抽屉里拿点钱,以备不时之需;你们瞒过父母,必要的话还得瞒过姐姐或弟弟;你们可以不带那些女孩子去,但如果她们执意要跟着也就别无选择,然后出发,义无反顾。把你的新帽子扯破了新鞋弄丢了一只这没关系，把膝盖碰出了血把白衬衫上洒了一瓶紫药水这没关系，作业忘记做了还在书包里装了两只活蛤蟆一只死乌鸦这都毫无关系，你母亲不会怪你，因为当晚霞越来越淡继而夜色越来越重的时候，你父亲也沉不住气了，他正要动身去报案，你们突然都回来了，累得一塌糊涂但毕竟完整无缺地回来了，你母亲庆幸还庆幸不过来呢还会再存什么别的奢望吗？"他们回来啦，他们回来啦！"仿佛全世界都和平解放了，一群平素威严的父亲都乖乖地跑出来迎接你们，同样多的一群母亲此刻转忧为喜光顾得摩挲你们的脸蛋和亲吻你们的脑门儿："你们这是上哪儿去了呀，哎哟天哪，你们还知道回来吗？！"你就大模大样地躺在沙发上呼吃唤喝，"累死了，哎呀真是累死了！"——你就这样，没问题，再讲点莫须有的惊险故事既吓唬他们也陶醉自己，你就得这样，只要这样，一切帽子、裤子、鞋、作业和书包、活蛤蟆以及死乌鸦，就都微不足道了。（等你长到我这样的年龄时，你再告诉他们那些惊险的故事都是你为了逃避挨揍而获得的灵感，那时你年老的父母肯定不会再补揍你一顿，而仍可能摩挲你的脸甚至吻你的脑门儿了。）但重要的是，这次冒险你无论如何得安全地回来——就像所有的戏剧还没打算结束时所需要的那样，否则接下去的好运就无法展开了。不错，你的童年就应该是这样的，就应该按照这样的思路去设计，一个幸运者的童年就得是这样。我的纸写不下了，待实施的时候应该比这更丰富多彩。比如你还可颇具分寸地惹一点儿小祸，一个幸运的孩子理应惹过一点儿小祸，而且理应遇到过一些困难，遇到过一两个骗子、一两个坏人、一两个蠢货和一两个不会发愁而很会说笑话的人。一个幸运的孩子应该有点儿野性。当然你的父亲是个地地道道的知识分子，因为一个幸运的人必须从小受到文化的熏陶，野到什么份儿上都不必忧虑但要有机会使你崇尚知识，之所以把你父亲设计为知识分子，全部的理由就在于此。

你的母亲也要有知识，但不要像你父亲那样关心书胜过关心你。也不要像某些愚蠢的知识妇女，料想自己功名难就，便把一腔希望全赌在了儿女身上，生了个女孩儿就盼她将来是个居里夫人，养了个男娃就以为是养了个小贝多芬。这样的母亲千万别落到咱头上，你不听她的话你觉得对不起她，你听了她的话你会发现她对不起你。她把你像幅名画似的挂在墙上后退三步眯起眼睛来观赏你，把你像颗话梅似的含在嘴里颠来倒去地品味你。你呢？站在那儿吱吱嘎嘎地折磨一把挺好的小提琴，长大了一想起小提琴就发抖，要不就是没日没夜地背单词背化学方程式，长大了不是傻瓜就是暴徒。你的母亲当然不是这样。有知识不是有文凭，你的母亲可以没有文凭。有知识不是被知识霸占，你的母亲不是知识的奴隶。有知识不能只是有对物的知识，而是得有对人的了悟。一个幸运者的母亲必然是一个幸运的母亲、一个明智的母亲、一个天才的母亲，她自打当了母亲她就得了灵感，她教育你的方法不是来自于教育学,而是来自她对一切生灵乃至天地万物由衷的爱,由衷的颤栗与祈祷,由衷的镇定和激情。在你幼小的时候她只是带着你走,走在家里,走在街上,走到市场,走到郊外,她难得给你什么命令,从不有目的地给你一个方向,走啊走啊你就会爱她,走啊走啊,你就会爱她所爱的这个世界。等你长大了,她就放你到你想要去的地方去,她深信你会爱这个世界,至于其他她不管,至于其他那是你的自由你自己负责,她只有一个愿望,就是你能常常回来,你能有时候回来一下。

  在你两三岁的时候你就光是玩儿,成天就是玩儿,别着急背诵《唐诗三百首》和弄通百位数以内的加减法,去玩儿一把没有钥匙的锁和一把没有锁的钥匙,去玩儿撒尿和泥,然后用不着洗手再去玩儿你爷爷的胡子。到你四五岁的时候你还是玩儿,但玩儿得要高明一点儿了,在你母亲的皮鞋上钻几个洞看看会有什么效果,往你父亲的录音机里撒把沙子听听声音会不会更奇妙。上小学的时候,我看你门门功课都得上三四分就够了,剩下的时间去做些别的事,以便让你父母有机会给人家赔几块玻璃。一上中学尤其一上高中,所有的熟人几乎都不认识你了,都得对你刮目相看:你在数学比赛上得奖,在物理比赛上得奖,在作文比赛上得奖,在外语比赛上你没得奖但事后发现那不过是老师的一个误判。但这都并不重要,这些奖啊奖啊奖啊并不足以构成你的好运,你的好运是说你其实并没花太多时间在功课上，你爱好广泛，多能多才，奇想迭出，别人说你不务正业你大不以为然，凡兴趣所至仍神魂聚注若癫若狂。

你热爱音乐，古典的交响乐，现代的摇滚乐，温文尔雅的歌剧清唱剧，粗犷豪放的民谣村歌，乃至悠婉凄长的叫卖，孤零萧瑟的风声，温馨闲适的节日的音讯，你都听得心醉神迷，听得怆然而沉寂，听出激越和威壮，听到玄渺空冥，你真幸运，生存之神秘注入你的心中使你永不安规守矩。

你喜欢美术，喜欢画作，喜欢雕塑，喜欢异彩纷呈的烧陶，喜欢古朴稚拙的剪纸；喜欢在渺无人迹的原野上独行，在水阔天空的大海里驾舟，在山林荒莽中跋涉，看大漠孤烟，看长河落日，看鸥鸟纵情翱飞，看老象坦然赴死。你从色彩感受生命，由造型体味空间，在线条上嗅出时光的流动，在连接天地的方位发现生灵的呼喊。你是个幸运的人因为你真幸运，你于是匍匐在自然造化的脚下，奉上你的敬畏与感恩之心吧，同时上苍赐予你不屈不尽的创造情怀。

你幸运得简直令人嫉妒，因为体育也是你的擅长。九秒九一，懂吗？两小时五分五十九秒，懂吗？就是说，从一百米到马拉松不管多长的距离没有人能跑得过你；二米四十五，八米九十一，知道这是什么意思吗？就是说没人比你跳得高也没人比你跳得远；突破二十三米、八十米、一百米，就是说，铅球也好铁饼也好标枪也好，在投掷比赛中仍然没有你的对手。当然这还不够，好运气哪有个够呢？差不多所有的体育项目你都行：游泳、滑雪、溜冰、踢足球、打篮球，乃至击剑、马术、射击，乃至铁人三项……你样样都玩儿得精彩、洒脱、漂亮。你跑起来浑身的肌肤像波浪一样滚动，像旗帜一般飘展；你跳起来仿佛土地也有了弹性，空中也有着依托；你劈波戏水，屈伸舒卷，鬼没神出；在冰原雪野，你翻转腾挪，如风驰电掣；生命在你那儿是一个节日，是一个庆典，是一场狂欢……那已不再是体育了，你把体育变得不仅仅是体育了，幸运的人，那是舞蹈，那是人间最自然最坦诚的舞蹈，那是艺术，是上帝选中的最朴实最辉煌的艺术形式。这时连你在内，连你的肉体你的心神，都是艺术了。你这个幸运的人，世界上最幸运的人，偏偏是你被上帝选作了美的化身。

接下来你到了恋爱的季节。你十八岁了，或者十九或者二十岁了。这时你正在一所名牌大学里读书，读一个最令人仰慕的系最令人敬畏的专业，你读得出色，各种奖啊奖啊又闹着找你。现在你的身高已经是一米八八，你的喉结开始凸起，嘴唇上开始有了黑色但还柔软的胡须，就是在这时候你的嗓音开始变得浑厚迷人，就是在这时候你的百米成绩开始突破十秒，你的动静坐卧举手投足都流溢着男子汉的光彩……总之，由于我们已经设计过的诸项优点或说优势，明显地追逐你的和不露声色地爱慕着你的姑娘们已是成群结队，你经常在教室里看见她们异样的目光，在食堂里听出她们对

好运设计

你喊喊喳喳的议论，在晚会上她们为你的歌声所倾倒，在运动会上她们被你的身姿所激动而忘情地欢呼雀跃，但你一向只是拒绝，拒绝，婉言而真诚地拒绝，善意而巧妙地逃避，弄得一些自命不凡的姑娘们委屈地流泪。但是有一天，你在运动场上正放松地慢跑，你忽然看见一个陌生的姑娘也在慢跑，她的健美一点儿不亚于你，她修长的双腿和矫捷的步伐一点儿不亚于你，生命对她的宠爱、青春对她的慷慨这些绝不亚于你，而她似乎根本没有发现你，她顾自跑着目不斜视，仿佛除了她和她的美丽这世界上并不存在其他东西，甚至连她和她的美丽她也不曾留意，只是任其随意流淌，任其自然地涌荡。而你却被她的美丽和自信震慑了，被她的优雅和茁壮惊呆了，你被她的倏然降临搞得心恍神惚手足无措。（我们同样可以为她也做一个"好运设计"，她是上帝的一个完美的作品，为了一个幸运的男人这世界上显然该有一个完美的女人，当然反过来也是一样。）于是你不跑了，伏在跑道边的栏杆上忘记了一切，光是看她。她跑得那么轻柔，那么从容，那么飘逸，那么灿烂。你很想冲她微笑一下向她表示一点儿敬意，但她并不给你这样的机会，她跑了一圈又一圈却从来没有注意到你，然后她走了。简单极了，就是说她跑完了该走了，就走了。就是说她走了，走了很久而你还站在原地。就是说操场上空空旷旷只剩了你一个人，你头一回感到了惆怅和孤零——她不知道你是谁，你也不知道她从哪儿来。但你把她记在了心里。但幸运之神仍然和你在一起。此后你又在图书馆里见到过她,你费尽心机总算弄清了她在哪个系。此后你又在游泳池里见到过她,你拐弯抹角从别人那儿获悉了她的名字。此后你又在滑冰场上见到过她,你在她周围不露声色地卖弄你的千般技巧万种本事,终于引起了她的注意。此后你又在领奖台上和她站到过一起,这一回她对你笑了笑使你一生再也没能忘记。此后你又在朋友家里和她一起吃过一次午饭(你和你的朋友为此蓄谋已久),这下你们到底算认识了,你们谈了很多,谈得融洽而且热烈。此后不是你去找她,就是她来找你,春夏秋冬春夏秋冬,不是她来找你就是你去找她,春夏秋冬……总之,总而言之,你们终成眷属;你是一个幸运的人——至少我们的"好运设计"是这样说的——所以你万事如意。

也许你已经注意到了,我们的"好运设计"至此显得有些潦草了。是的。不过绝不是我们无能把它搞得更细致、更完善、更浪漫、更迷人,而是我忽然有了一点儿疑虑,感到了一点儿困惑,有一道淡淡的阴影出现了并正在向我们靠近,但愿我们能够摆脱它,能够把它消解掉。

阴影最初是这样露头的:你能在一场如此称心、如此顺利、如此圆满的爱情和婚姻中饱尝幸福吗?也就是说,没有挫折,没有坎坷,没有望眼欲穿的企盼,没有撕心裂肺的煎熬,没有痛不欲生的痴癫与疯狂,没有万死不悔的追求与等待,当成功到来之时你会有感慨万端的喜悦吗?在成功到来之后还会不会有刻骨铭心的幸福?或者,这喜悦能到什么程度?这幸福能被珍惜多久?会不会因为顺利而冲淡其魅力?会不会因为圆满而阻塞了渴望,而限制了想象,而丧失了激情,从而在以后漫长的岁月中只是遵从了一套经济规律、一种生理程序、一个物理时间,心路却已荒芜,然后是腻烦,然后靠流言蜚语排遣这腻烦,继而是麻木,继而用插科打诨加剧这麻木——会不会?会不会是这样?地球如此方便如此称心地把月亮搂进了自己的怀中,没有了阴晴圆缺,没有了潮汐涨落,没有了距离便没有了路程,没有了斥力也就没有了引力,那是什么呢?很明白,那是死亡。当然一切都在走向那里,当然那是一切的归宿,宇宙在走向热寂。但此刻宇宙正在旋转,正在飞驰,正在高歌狂舞,正借助了星汉迢迢,借助了光阴漫漫,享受着它的路途,享受着坍塌后不死的沉吟,享受着爆炸后辉煌的咏叹,享受着追寻与等待,这才是幸运,这才是真正的幸运,恰恰死亡之前这波澜壮阔的挥洒,这精彩纷呈的燃烧才是幸运者得天独厚的机会。你是一个幸运者,这一点你要牢记。所以你不能学那凡夫俗子的梦想,我们也不能满意这晴空朗日水静风平的设计。所谓好运,所谓幸福,显然不是一种客观的程序,而完全是心灵的感受,是强烈的幸福感罢了。幸福感,对了。没有痛苦和磨难你就不能强烈地感受到幸福,对了。那只是舒适只是平庸,不是好运不是幸福,这下对了。

现在来看看,得怎样调整一下我们的"设计",才能甩掉那道不祥的阴影,才能远远地离开它。也许我们不得不给你加设一点儿小小的困难,不太大的坎坷和挫折,甚至是一些必要的痛苦和磨难,为了你的幸福不致贬值我们要这样做,当然,会很注意分寸。

仍以爱情为例。我们想是不是可以这样:一开始,让你未来的岳父岳母对你们的恋爱持反对态度,他们不大看得上你,包括你未来的大舅子、小姨子、大舅子的夫人和小姨子的男朋友等等一干人马都看不上你。岳父说要是这样他宁可去死。岳母说要是这样她情愿少活。大舅子于是奉命去找了你们单位的领导说你破坏了一个美满的家庭。小姨子流着泪劝她的姐姐三思再三思,爹有心脏病娘有高血压。岳父便说他死不瞑目。岳母说她死后做鬼也不饶过你们。你是个幸运的人你真没看错那个姑娘,她对你一往情深始终不渝,她说与其这样不如她先于他们去死,但在死前她有必要提个问题:"请问他哪点儿不如你们?请问他有哪点儿不好?"是呀,他哪点儿不好呢?你,是说你,你有哪点儿不好呢?不仅这姑娘的父母无言以对,就连咱们也无以作答。按照已有的设计,你好像没有哪点儿不好,你简直无懈可击,那两个老人倘不是疯子不是傻瓜不是心理变态,他们为什么会反对你成为他们的女婿呢?所以对此得做一点儿修改,你不能再是一个完人,你得至少有一个弱点,甚至是一种很要紧的缺欠,一种大凡岳父岳母都难以接受的缺欠,然后你在爱情的鼓舞下,在那对蛮横老人颇合逻辑的蔑视的刺激下,痛下决心破釜沉舟发奋图强历尽艰辛终于大功告成终于光彩照人终于震撼了那对老人，令他们感动令他们愧悔于是心悦诚服地承认了你这个女婿，你热泪盈眶欣喜若狂忽然发现天也是格外地蓝地球也是出奇地圆柔情似水佳期如梦幸福地久天长……是不是得这样呢？得这样。大概是得这样。

什么样的缺欠呢？你看给你设计什么样的缺欠比较适合？

笨？不不，这不行，笨很可能是一件终生的不幸，几乎不是努力可以根本克服的，此一点应坚决予以排除。

丑呢？不，丑也不行，丑也是无可挽回的局面，弄不好还会殃及后代，不行，这肯定不行。

无知呢，行不行？不，这比笨还不如，绝对的（或相当严重的）无知与白痴没什么区别；而相对的无知又不是一项缺欠，我们每个人都是这样。

你总得做一点儿让步嘛。譬如说木讷一点儿，古板一点儿行吗？缺乏点儿活力，缺乏点儿朝气，缺乏点儿个性，缺乏点儿好奇心，譬如说这样，行吗？噢，你居然还在问"行吗"，再糟糕不过！接下来你会发现他还缺乏勇气，缺乏同情，缺乏感觉，遇事永远不会激动，美好不能使其赞叹，丑恶也不令其憎恶，他既不懂得感动也不懂得愤怒，他不怎么会哭又不大会笑，这怎么能行？他还是活的吗？他还能爱吗？他还会为了爱而痛苦而幸福吗？不行。

那么狡猾一点儿可以吗？狡猾，唉，其实人们都多多少少地有那么一点儿狡猾,这虽不是优点但也不必算作缺点,凡要在这世界上生存下去的种类,有点儿狡猾也是在所难免。不过有一点需要明确:若是存心算计别人、不惜坑害别人的狡猾可不行,那样的人我怕大半没有什么好下场。那样的人同样也不会懂得爱(他可能了解性,但他不懂得爱,他可能很容易猎获性器的快感,但他很难体验性爱的陶醉,因为他依靠的不是美的创造而仅仅是对美的赚取),况且这样的人一般来说都没什么真正的才华和魅力,否则也无须选用了狡猾。不行。无论从哪个角度想,狡猾都不行。

要不,有一点儿病?噢老天爷,千万可别,您饶了我吧,无论如何帮帮忙,下辈子万万不能再有病了,绝对不能。咱们辛辛苦苦弄这个"好运设计"因为什么您知道不?是的您应该知道,那就请您再别提病,一个字也别再提。

只是有一点儿小病呢?小病也不行,发烧感冒拉肚子?不不,这没用,有点儿小病不构成对什么人的威胁,也不能如我们所期望的那样最终使你的幸福加倍,有也是白有。但这绝不是说你没病则已,有就有他一种大病,不不!绝没有这个意思;你必须要明白,在任何有期徒刑(注意:有期)和有一种大病之间,要是你非得做出选择不可的话,你要选择前者,前者!对对,没有商量的余地。

要是你得了一种大病,别急,听我说完,得了一种足以使你日后的幸福升值的大病,而这病后来好了,完全好了,这怎么样?唔,这倒值得考虑。你在病榻上躺了好几年,看见任何一个健康的人你都羡慕,你想你是他们中间的任何一个你都知足,然后你的病好了,完好如初,这怎么样?说下去。你本来已经绝望了,你想即便不死未来的日子也是无比暗淡,你想与其这样倒不如死了痛快,就在这时你的病情突然有了转机。说下去。在那些绝望的白天和黑夜,你祷告许愿,你赌咒发誓,只要这病还能好,再有什么苦你都不会觉得苦再有什么难你也不会觉得难,一文不名呀,一贫如洗呀,这都有什么关系呢?你将爱生活,爱这个世界,爱这个世界上所有的人……这时,就在这时奇迹发生了,一个奇迹使你完全恢复了健康,你又是那么精力旺盛健步如飞了,这样好不好?好极了,再往下说。你本来想只要还能走就行,可你现在又能以九秒九一的速度飞跑了;你本来想要是再能跳就好了,可你现在又可以跳过二米四五了;你本来想只要还能独立生活就够了,可现在你的用武之地又跟地球一样大了;你本来想只要还能算个人不至于把谁吓跑就谢天谢地了,可现在喜欢你的好姑娘又是数不胜数铺天盖地而来了。往下说呀,别含糊,说下去。当然你痴心不改——这不是错误,大劫大难之后人不该失去锐气,不该失去热度,你镇定了但仍在燃烧,你平稳了却更加浩荡,你依然爱着那个姑娘爱得山高海深不可动摇,这时候你未来的老丈人老丈母娘自然也不会再反对你们的结合了,不仅不反对而且把你看作是他们的光彩是他们的荣耀是他们晚年的福气是他们九泉之下的安慰。此刻你是多么幸福,你同你所爱的人在一起,在蓝天阔野中跑，在碧波白浪中游，你会是怎样地幸福！现在就把前面为你设计的那些好运气都搬来吧，现在可以了，把它们统统搬来吧，劫难之后失而复得，现在你才真正是一个幸福的人了。苦尽甜来，对，这才是最为关键的好运道。

苦尽甜来，对，只要是苦尽甜来其实怎么都行，生生病呀、失失恋呀，要要饭呀，挨挨揍呀（别揍坏了），被抄抄家呀，坐坐冤狱呀，只要能苦尽甜来其实都不是坏事。怕只怕苦也不尽，甜也不来。其实都用不着甜得很厉害，只要苦尽也就够了。其实都用不着什么甜，苦尽了也就很甜了。让我们为此而祈祷吧。让我们把这作为一条基本原则，无论如何写进我们的"好运设计"中去吧，无论如何安排在头版头条。

问题是，苦尽甜来之后又怎样呢？苦尽甜来之后又当如何？哎哟，那道阴影好像又要露头。苦尽甜来之后要是你还没死，以后的日子继续怎样过呢？我们应当怎样继续为你设计好运呢？好像问题还是原来的问题，我们并没能把它解决。当然现在你可以不断地忆苦思甜，不断地知足常乐，我们也完全可以把你以后的生活设计得无比顺利，但这样下去我们是不是绕了一圈又回到那不祥的阴影中去了？你将再没有企盼了吗？再没有新的追求了吗？那么你的心路是不是又要荒芜，于是你的幸福感又要老化、萎缩、枯竭了呢？是的，肯定会是这样。幸福感不是能一次给够的，一次幸福感能维持多久这不好计算，但日子肯定比它长，比它长的日子却永远要依靠着它。所以你不能失去距离，不能没有新的企盼和追求，你一时失去了距离便一时没有了路途，一时没有了企盼和追求便一时失去了兴致和活力，那样我们势必要前功尽弃，那道阴影必会不失时机地又用无聊、用乏味、用腻烦和麻木来纠缠你，来恶心你，同时葬送我们的"好运设计"。当然我们不会答应。所以我们仍要为你设计新的距离，设计不间断的企盼和追求。不过这样你就仍然要有痛苦，一直要有。是的是的，一时没有了痛苦的衬照便一时没有了幸福感。

　　真抱歉，我们没想到会是这样。我们一向都是好意，想使你幸福，想使你在来世频交好运，没想到竟还得不断地给你痛苦。那道讨厌的阴影真是把咱们整惨了。看看吧，看看是否还有办法摆脱它。真对不起，至少我先不吹牛了，要是您还有兴趣咱们就再试试看，反正事已至此，我想也不必草草率率地回心转意。看在来世的分儿上，就再试试吧。

　　看来，在此设计中不要痛苦是不大可能了。现在就只剩了一条路：使痛苦尽量小些，小到什么程度并没有客观的尺度，总归小到你能不断地把它消灭就行了。就是说，你能够不断地克服困难，你能够不断地跨越距离，你能够不断地实现你的愿望，这就行了。痛苦可以让它不断地有，但你总是能把它消灭，这就行了，这样你就巧妙地利用了这些混账玩意儿而不断地得到幸福感了。只要这样行，接下来的事由我们负责。我们将根据以上要求为你设计必要的才能，必要的机运、必要的心理素质、意志品质，以及必要的资金、器械、设施、装备，乃至大夫护士、贤妻良母、孝子乖孙等等一系列优秀的后勤服务。总之，这些我们都能为你设计，只要一个人永远是个胜利者这件事是可能的，只要无论什么样的痛苦总归是能被消灭的这件事是可能的，只要这样，我们的"好运设计"就算成了。只好也就这样了，这样也就算成了。

不过，这是不是可能的？你见没见过永远的胜利者？好吧，没见过并不说明这是不可能的，没见过的我们也可以设计。你，譬如说你就是一个永远的胜利者，那么最终你会碰见什么呢？死亡。对了，你就要碰见它，无论如何我们没法儿使你不碰见它，不感到它的存在，不意识到它的威胁。那么你对它有什么感想？你一生都在追求，一直都在胜利，一向都是幸福的，但当死亡来临的时候你想你终于追求到了什么呢？你的一切胜利到底都是为了什么呢？这时你不沮丧，不恐惧，不痛苦吗？你从来没碰到过不可逾越的障碍，从来没见过不可消除的痛苦，你就像一个被上帝惯坏了的孩子，从来不知道什么叫失败，从来没遭遇过绝境，但死神终于驾到了，死神告诉你这一次你将和大家一样不能幸免，你的一切优势和特权（即那"好运设计"中所规定的）都已被废黜，你只可俯首帖耳听凭死神的处置，这时候你必定是一个最痛苦的人，你会比一生不幸的人更痛苦（他已经见到了的东西你却一直因为走运而没机会见到），命运在最后跟你算总账了

（它的账目一向是收支平衡的），它以一个无可逃避的困境勾销你的一切胜利，它以一个不容置疑的判决报复你的一切好运，最终不仅没使你幸福反而给你一个你一直有幸不曾碰到的——绝望。绝望，当死亡到来之际这个绝望是如此地货真价实，你甚至没有机会考虑一下对付它的办法了。

怎么办？你怎么办？我们怎么办？你说事情不会是这样，你的胜利依旧还是胜利，它会造福于后人；你的追求并没有白费，它将为后人铺平道路；而这就是你的幸福，所以你不会沮丧不会痛苦你至死都会为此而感到幸福。这太好了，一个真正的幸运者就应该有这样的胸怀有如此高尚的情操——让我们暂时忘记我们只是在为自己设计好运吧，或者让我们暂时相信所有的人都能够享有同样的好运吧——一个幸运者只有这样才能最终保住自己的好运，才能使自己最终得享平安和幸福。但是——但是！就算我们没有发现您的不诚实，一个如您这般聪明高尚的人总该知道您正在把后人的路铺向哪儿吧？铺到哪儿才算成功了呢？铺到所有的人都幸福都没了痛苦的地方？那么他们不是又将面对无聊了吗？当他们迎候死亡时不是就不能再像您这样，以"为后人铺路"而自豪而高尚而心安理得了吗？如果终于不能使所有的人都幸福都没了痛苦，您的高尚不就成了一场骗局您的胜利又怎么能胜得过阿Q呢？我们处在了两难境地。如果您再诚实点儿，事情可能会更难办：人类是要消亡的，地球是要毁灭的，宇宙在走向热寂。我们的一切聪明和才智、奋斗和努力、好运和成功到底有什么价值?有什么意义?我们在走向哪儿?我们再朝哪儿走?我们的目的何在?我们的欢乐何在?我们的幸福何在?我们的救赎之路何在?我们真的已经无路可走真的已入绝境了吗?

是的,我们已入绝境。现在你就是对此不感兴趣都不行了,你想糊弄都糊弄不过去了,你曾经不是傻瓜你如今再想是也晚了,傻瓜从一开始就不对我们这个设计感兴趣,而你上了贼船,这贼船已入绝境,你没处可退也没处可逃。情况就是这样。现在我们只占着一项便宜,那就是死神还没驾到,我们还有时间想想对付绝境的办法,当然不是逃跑,当然你也跑不了。其他的办法,看看,还有没有。

过程。对,过程,只剩了过程。对付绝境的办法只剩它了。不信你可以慢慢想一想,什么光荣呀,伟大呀,天才呀,壮烈呀,博学呀,这个呀那个呀,都不行,都不是绝境的对手,只要你最最关心的是目的而不是过程你无论怎样都得落入绝境,只要你仍然不从目的转向过程你就别想走出绝境。过程——只剩了它了。事实上你唯一具有的就是过程。一个只想(只想!)使过程精彩的人是无法被剥夺的,因为死神也无法将一个精彩的过程变成不精彩的过程,因为坏运也无法阻挡你去创造一个精彩的过程,相反你可以把死亡也变成一个精彩的过程,相反坏运更利于你去创造精彩的过程。于是绝境溃败了,它必然溃败。你立于目的的绝境却实现着、欣赏着、饱尝着过程的精彩,你便把绝境送上了绝境。梦想使你迷醉,距离就成了欢乐;追求使你充实,失败和成功都是伴奏;当生命以美的形式证明其价值的时候,幸福是享受,痛苦也是享受。现在你说你是一个幸福的人你想你会说得多么自信,现在你对一切神灵鬼怪说谢谢你们给我的好运,你看看谁还能说不。

过程!对,生命的意义就在于你能创造这过程的美好与精彩,生命的价值就在于你能够镇静而又激动地欣赏这过程的美丽与悲壮。但是,除非你看到了目的的虚无你才能够进入这审美的境地,除非你看到了目的的绝望你才能找到这审美的救助。但这虚无与绝望难道不会使你痛苦吗?是的,除非你为此痛苦,除非这痛苦足够大,大得不可消灭大得不可动摇,除非这样你才能甘心从目的转向过程,从对目的的焦虑转向对过程的关注,除非这样的痛苦与你同在,永远与你同在,你才能够永远欣赏到人类的步伐和舞姿,赞美着生命的呼喊与歌唱,从不屈获得骄傲,从苦难提取幸福,从虚无创造意义,直到死神和天使一起来接你回去,你依然没有玩儿够,但你却不惊慌,你知道过程怎么能有个完呢!过程在到处继续,在人间、在天堂、在地狱,过程都是上帝巧妙的设计。

但是我们的设计呢?我们的设计是成功了呢还是失败

了？如果为了使你幸福，我们不仅得给你小痛苦，还得给你大痛苦；不仅得给你一时的痛苦，还得给你永远的痛苦，我们到底帮了你什么忙呢？如果这就算好运，我，比如说我——我的名字叫史铁生，这个叫史铁生的人又有什么必要弄这么一份"好运设计"呢？也许我现在就是命运的宠儿？也许我的太多的遗憾正是很有分寸的遗憾？上帝让我终生截瘫就是为了让我从目的转向过程，所以有那么一天我终于要写一篇题为《好运设计》的散文，并且顺理成章地推出了我的好运？多谢多谢。可我不，可我不！我真是想来世别再有那么多遗憾，至少今生能做做好梦！

我看出来了——我又走回来了，又走到本文的开头去了。我看出来了，如果我再从头开始设计我必然还是要得到这样一个结尾。我看出来了，我们的设计只能就这样了。我不知道怎么办了，不知道还能怎么办。上帝爱我！——我们的设计只剩这一句话了，也许从来就只有这一句话吧。

1990年2月27日

我二十一岁那年

友谊医院神经内科病房有十二间病室，除去1号2号，其余十间我都住过。当然，绝不为此骄傲。即便多么骄傲的人，据我所见，一躺上病床也都谦恭。1号和2号是病危室，是一步登天的地方，上帝认为我住那儿为时尚早。

十九年前，父亲搀扶着我第一次走进那病房。那时我还能走，走得艰难，走得让人伤心就是了。当时我有过一个决心：要么好，要么死，一定不再这样走出来。

正是晌午，病房里除了病人的微鼾，便是护士们轻极了的脚步，满目洁白，阳光中飘浮着药水的味道，如同信徒走进了庙宇，我感觉到了希望。一位女大夫把我引进10号病室。她贴近我的耳朵轻轻柔柔地问："午饭吃了没？"我说："您说我的病还能好吗？"她笑了笑。记不得她怎样回答了，单记得她说了一句什么之后，父亲的愁眉也略略地舒展。女大夫步履轻盈地走后，我永远留住了一个偏见：女人是最应该当大夫的，白大褂是她们最优雅的服装。

那天恰是我二十一岁生日的第二天。我对医学对命运都还未及了解,不知道病出在脊髓上将是一件多么麻烦的事。我舒心地躺下来睡了个好觉。心想:十天,一个月,好吧就算是三个月,然后我就又能是原来的样子了。和我一起插队的同学来看我时,也都这样想;他们给我带来很多书。

10号有六个床位。我是6床。5床是个农民,他天天都盼着出院。"光房钱一天就一块一毛五,你算算得啦,"5床说,"死呗可值得了这么些?"3床就说:"得了嘿,你有完没完!死死死,数你悲观。"4床是个老头儿,说:"别价别价,咱毛主席有话啦——既来之,则安之。"农民便带笑地把目光转向我,却是对他们说:"敢情你们都有公费医疗。"他知道我还在与贫下中农相结合。1床不说话,1床一旦说话即可出院。2床像是个有些来头的人,举手投足之间便赢得大伙儿的敬畏。2床幸福地把一切名词都忘了,包括忘了自己的姓名。2床讲话时,所有名词都以"这个""那个"代替,因而讲到一些轰轰烈烈的事迹却听不出是谁人所为。4床说:"这多好,不得罪人。"

我不搭茬儿。刚有的一点儿舒心顷刻全光。一天一块多房钱都要从父母的工资里出,一天好几块的药钱、饭钱都要从父母的工资里出,何况为了给我治病家中早已是负债累累了。我马上就想那农民之所想了:什么时候才能出院呢?我赶紧松开拳头让自己放明白点:这是在医院不是在家里,这儿没人会容忍我发脾气,而且砸坏了什么还不是得用父母的工资去赔？所幸身边有书，想来想去只好一头埋进书里去，好吧好吧，就算是三个月！我平白地相信这样一个期限。

可是三个月后我不仅没能出院，病反而更厉害了。

那时我和2床一起住到了7号。2床果然不同寻常，是位局长，11级干部，但还是多了一级，非10级以上者无缘去住高干病房的单间。7号是这普通病房中唯一仅设两张病床的房间，最接近单间，故一向由最接近10级的人去住。据说刚有个13级从这儿出去。2床搬来名正言顺。我呢？护士长说是"这孩子爱读书"，让我帮助2床把名词重新记起来。"你看他连自己是谁都闹不清了。"护士长说。但2床却因此越来越让人喜欢，因为"局长"也是名词也在被忘之列，我们之间的关系日益平等、融洽。有一天他问我："你是干什么的？"我说："插队的。"2床说他的"那个"也是，两个"那个"都是，他在高出他半个头的地方比画一下："就是那两个，我自己养的。""您是说您的两个儿子？"他说对，儿子。他说好哇，革命嘛就不能怕苦，就是要去结合。他说："我们当初也是从那儿出来的嘛。"我说："农村？""对对对。什么？""农村。""对对对农村。别忘本呀！"我说是。我说："您的家乡是哪儿？"他于是抱着头想好久。这一回我也没办法提醒他。最后他骂一句，不想了，说："我也放过那玩意儿。"他在头顶上伸直两个手指。"是牛吗？"他摇摇头，手往低处一压。"羊？""对了，羊。我放过羊。"他躺下，双手垫在脑后，甜甜蜜蜜地望着天花板老半天不言语。大夫说他这病叫作"角回综合征，命名性失语"，并不影响其他记忆，尤其是遥远的往事更都记得清楚。我想局长到底是局长，比我会得病。他忽然又坐起来："我的那个，喂，小什么来？""小儿子？""对！"他怒气冲冲地跳到地上，说："那个小玩意儿，娘个×！"说："他要去结合，我说好嘛我支持。"说："他来信要钱，说要办个这个。"他指了指周围。我想"那个小玩意儿"可能是要办个医疗站。他说："好嘛，要多少？我给。可那个小玩意儿！"他背着手气哼哼地来回走，然后停住，两手一摊，"可他又要在那儿结婚！""在农村？""对，农村。""跟农民？""跟农民。"无论是根据我当时的思想觉悟，还是根据报纸电台当时的宣传倡导，这都是值得肃然起敬的。"扎根派。"我钦佩地说。"娘了个×派！"他说，"可你还要不要回来呢？"这下我有点儿发蒙。见我愣着，他又一跺脚，补充道："可你还要不要革命？！"这下我懂了，先不管革命是什么，2床的坦诚都令人欣慰。

不必去操心那些玄妙的逻辑了。整个儿冬天就快过去，我反倒拄着拐杖都走不到院子里去了，双腿日甚一日地麻木，肌肉无可遏止地萎缩，这才是需要发愁的。

我能住到7号来，事实上是因为大夫护士们都同情我。因为我还这么年轻，因为我是自费医疗，因为大夫护士都已经明白我这病的前景极为不妙，还因为我爱读书——在那个"知识越多越反动"的年代，大夫护士们尤为喜爱一个爱读书的孩子。他们都还把我当孩子。他们的孩子有不少也在插队。

护士长好几次在我母亲面前夸我,最后总是说:"唉,这孩子……"这一声叹,暴露了当代医学的爱莫能助。他们没有别的办法帮助我,只能让我住得好一点儿,安静些,读读书吧——他们可能是想,说不定书中能有"这孩子"一条路。

可我已经没了读书的兴致。整日躺在床上,听各种脚步从门外走过;希望他们停下来,推门进来,又希望他们千万别停,走过去走你们的路去别来烦我。心里荒荒凉凉地祈祷:上帝如果你不收我回去,就把能走路的腿也给我留下!我确曾在没人的时候双手合十,出声地向神灵许过愿。多年以后才听一位无名的哲人说过:危卧病榻,难有无神论者。如今来想,有神无神并不值得争论,但在命运的混沌之点,人自然会忽略着科学,向虚冥之中寄托一份虔敬的祈盼。正如迄今人类最美好的向往也都没有实际的验证,但那向往并不因此消灭。

主管大夫每天来查房,每天都在我的床前停留得最久:"好吧,别急。"按规矩主任每星期查一次房,可是几位主任时常都来看看我:"感觉怎么样?嗯,一定别着急。"有那么些天全科的大夫都来看我,八小时以内或以外,单独来或结队来,检查一番各抒主张,然后都对我说:"别着急,好吗?千万别急。"从他们谨慎的言谈中我渐渐明白了一件事:我这病要是因为一个肿瘤的捣鬼,把它找出来切下去随便扔到一个垃圾桶里,我就还能直立行走,否则我多半就把祖先数百万年进化而来的这一优势给弄丢了。

窗外的小花园里已是桃红柳绿，二十二个春天没有哪一个像这样让人心抖。我已经不敢去羡慕那些在花丛树行间漫步的健康人和在小路上打羽毛球的年轻人。我记得我久久地看过一个身着病服的老人，在草地上踱着方步晒太阳——只要这样我想只要这样！只要能这样就行了就够了！我回忆脚踩在软软的草地上是什么感觉，想走到哪儿就走到哪儿是什么感觉，踢一颗路边的石子，踢着它走是什么感觉。没这样回忆过的人不会相信，那竟是回忆不出来的！老人走后我仍呆望着那块草地，阳光在那儿慢慢地淡薄，脱离，凝作一缕孤哀凄寂的红光一步步爬上墙，爬上楼顶……我写下一句歪诗：轻拨小窗看春色，漏入人间一斜阳。日后我摇着轮椅特意去看过那块草地，并从那儿张望7号窗口，猜想那玻璃后面现在住的谁，上帝打算为他挑选什么前程，当然，上帝用不着征求他的意见。

我乞求上帝不过是在和我开着一个临时的玩笑——在我的脊椎里装进了一个良性的瘤子。对对，它可以长在椎管内，但必须要长在软膜外，那样才能把它剥离而不损坏那条珍贵的脊髓。"对不对，大夫？""谁告诉你的？""对不对吧？"大夫说："不过，看来不太像肿瘤。"我用目光在所有的地方写下"上帝保佑"，我想，或许把这四个字写到千遍万遍就会赢得上帝的怜悯，让它是个瘤子，一个善意的瘤子。要么干脆是个恶毒的瘤子，能要命的那一种，那也行。总归得是瘤子，上帝！

朋友送了我一包莲子，无聊时我捡几颗泡在瓶子里，想，赌不赌一个愿？——要是它们能发芽，我的病就不过是个瘤子。但我战战兢兢地一直没敢赌。谁料几天后莲子竟都发芽。我想好吧我赌！我想其实我压根儿是倾向于赌的。我想倾向于赌事实上就等于是赌了。我想现在我还敢赌——它们一定能长出叶子！（这是明摆着的。）我每天给它们换水，早晨把它们移到窗台西边，下午再把它们挪到东边，让它们总在阳光里；为此我抓住床栏走，扶住窗台走，几米路我走得大汗淋漓。这事我不说，没人知道。不久，它们长出一片片圆圆的叶子来。"圆"，又是好兆。我更加周到地侍候它们，坐回到床上气喘吁吁地望着它们，夜里醒来在月光中也看看它们：好了，我要转运了。并且忽然注意到"莲"与"怜"谐音，毕恭毕敬地想：上帝终于要对我发发慈悲了吧？这些事我不说没人知道。叶子长出了瓶口，闲人要去摸，我不让，他们硬是摸了呢，我便在心里加倍地祈祷几回。这些事我不说，现在也没人知道。然而科学胜利了，它三番五次地说那儿没有瘤子，没有没有。果然，上帝直接在那条娇嫩的脊髓上做了手脚！定案之日，我像个冤判的屈鬼那样疯狂地作乱，挣扎着站起来，心想干吗不能跑一回给那个没良心的上帝瞧瞧？后果很简单，如果你没摔死你必会明白：确实，你干不过上帝。

我终日躺在床上一言不发，心里先是完全的空白，随后由着一个死字去填满。王主任来了。(那个老太太,我永远忘不了她。还有张护士长。八年以后和十七年以后,我有两次真的病到了死神门口,全靠这两位老太太又把我抢下来。)我面向墙躺着,王主任坐在我身后许久不说什么,然后说了,话并不多,大意是:还是看看书吧,你不是爱看书吗?人活一天就不要白活。将来你工作了,忙得一点儿时间都没有,你会后悔这段时光就让它这么白白地过去了。这些话当然并不能打消我的死念,但这些话我将受用终生,在以后的若干年里我频繁地对死神抱有过热情,但在未死之前我一直记得王主任这些话,因而还是去做些事。使我没有去死的原因很多(我在另外的文章里写过),"人活一天就不要白活"亦为其一,慢慢地去做些事于是慢慢地有了活的兴致和价值感。有一年我去医院看她,把我写的书送给她,她已是满头白发了,退休了,但照常在医院里从早忙到晚。我看着她想,这老太太当年必是心里有数,知道我还不至去死,所以她单给我指一条活着的路。可是我不知道当年我搬离7号后,是谁最先在那儿发现过一团电线,并对此做过什么推想。那是个秘密,现在也不必说。假定我那时真的去死了呢?我想找一天去问问王主任。我想,她可能会说"真要去死那谁也管不了",可能会说"要是你找不到活着的价值,迟早还是想死",可能会说"想一想死倒也不是坏事,想明白了倒活得更自由",可能会说"不,我看得出来,你那时离死神还远着呢,因为你有那么多好朋友"。

友谊医院——这名字叫得好。"同仁""协和""博爱""济慈",这样的名字也不错,但或稍嫌冷静,或略显张扬,都不如"友谊"听着那么平易、亲近。也许是我的偏见。二十一岁末尾,双腿彻底背叛了我,我没死,全靠着友谊。还在乡下插队的同学不断写信来,软硬兼施劝骂并举,以期激起我活下去的勇气;已转回北京的同学每逢探视日必来看我,甚至非探视日他们也能进来。"怎进来的你们?""咳,闭上一只眼睛想一会儿就进来了。"这群插过队的,当年可以凭一张站台票走南闯北,甭担心还有他们走不通的路。那时我搬到了加号。加号原本不是病房,里面有个小楼梯间,楼梯间弃置不用了,余下的地方仅够放一张床,虽然窄小得像一节烟筒,但毕竟是单间,光景固不可比10级,却又非11级可比。这又是大夫护士们的一番苦心,见我的朋友太多,都是少男少女难免说笑得不管不顾,既不能影响了别人又不可剥夺了我的快乐,于是给了我10.5级的待遇。加号的窗口朝向大街,我的床紧挨着窗,在那儿我度过了二十一岁中最惬意的时光。每天上午我就坐在窗前清清静静地读书,很多名著我都是在那时读到的,也开始像模像样地学着外语。一过中午,我便直着眼睛朝大街上眺望,尤其注目骑车的年轻人和5路汽车的车站,盼着朋友们来。有那么一阵子我暂时忽略了死神。朋友们来了,带书来,带外面的消息来,带安慰和欢乐来,带新朋友来,新朋友又带新的朋友来,然后都成了老朋友。

以后的多少年里，友谊一直就这样在我身边扩展，在我心里深厚。把加号的门关紧，我们自由地嬉笑怒骂，毫无顾忌地议论世界上所有的事，高兴了还可以轻声地唱点儿什么——陕北民歌，或插队知青自己的歌。晚上朋友们走了，在小台灯幽寂而又喧嚣的光线里，我开始想写点儿什么，那便是我创作欲望最初的萌生。我一时忘记了死，还因为什么？还因为爱情的影子在隐约地晃动。那影子将长久地在我心里晃动，给未来的日子带来幸福也带来痛苦，尤其带来激情，把一个绝望的生命引领出死谷。无论是幸福还是痛苦，都会成为永远的珍藏和神圣的纪念。

二十一岁、二十九岁、三十八岁，我三进三出友谊医院，我没死，全靠了友谊。后两次不是我想去勾结死神，而是死神对我有了兴趣；我高烧到四十多度，朋友们把我抬到友谊医院，内科说没有护理截瘫病人的经验，柏大夫就去找来王主任，找来张护士长，于是我又住进神内病房。尤其是二十九岁那次，高烧不退，整天昏睡、呕吐，差不多三个月不敢闻饭味儿，光用血管去喝葡萄糖，血压也不安定，先是低压升到一百二十接着高压又降到六十，大夫们一度担心我活不过那年冬天了——肾，好像是接近完蛋的模样，治疗手段又像是接近于无了。我的同学找柏大夫商量，他们又一起去找唐大夫：要不要把这事告诉我父亲？他们决定：不。告诉他，他还不是白着急？然后他们分了工：死的事由我那同学和柏大夫管,等我死了由他们去向我父亲解释;活着的我由唐大夫多多关照。唐大夫说:"好,我以教学的理由留他在这儿,他活一天就还要想一天办法。"真是人不当死鬼神奈何其不得,冬天一过我又活了,看样子极可能活到下一个世纪去。唐大夫就是当年把我接进10号的那个女大夫,就是那个步履轻盈温文尔雅的女大夫,但八年过去她已是两鬓如霜了。又过了九年,我第三次住院时唐大夫已经不在。听说我又来了,科里的老大夫、老护士们都来看我,问候我,夸我的小说写得还不错,跟我叙叙家常,唯唐大夫不能来了。我知道她不能来了,她不在了。我曾摇着轮椅去给她送过一个小花圈,大家都说:她是累死的,她肯定是累死的!我永远记得她把我迎进病房的那个中午,她贴近我的耳边轻轻柔柔地问:"午饭吃了没?"倏忽之间,怎么,她已经不在了?她不过才五十岁出头。这事真让人哑口无言,总觉得不大说得通,肯定是谁把逻辑摆弄错了。

但愿柏大夫这一代的命运会好些。实际只是当着众多病人时我才叫她柏大夫。平时我叫她"小柏",她叫我"小史"。她开玩笑时自称是我的"私人保健医",不过这不像玩笑这很近实情。近两年我叫她"老柏"她叫我"老史"了。十九年前的深秋,病房里新来了个卫生员,梳着短辫儿,戴一条长围巾穿一双黑灯芯绒鞋,虽是一口地道的北京城里话,却满身满脸的乡土气尚未退尽。"你也是插队的?"我问她。"你也是?"听得出来,她早已知道了。"你哪届?""老初二,你呢?""我六八,老初一。你哪儿?""陕北。你哪儿?""我内蒙古。"这就行了,全明白了,这样的招呼是我们这代人的专利,这样的问答立刻把我们拉近。我料定,几十年后这样的对话仍会在一些白发苍苍的人中间流行,仍是他们之间最亲切的问候和最有效的沟通方式;后世的语言学者会煞费苦心地对此做一番考证,正儿八经地写一篇论文去得一个学位。而我们这代人是怎样得一个学位的呢?十四五岁停学,十七八岁下乡,若干年后回城,得一个最被轻视的工作,但在农村待过了还有什么工作不能干的呢?同时学心不死业余苦读,好不容易上了个大学,毕业之后又被轻视——因为真不巧你是个"工农兵学员",你又得设法摘掉这个帽子,考试考试考试这代人可真没少考试,然后用你加倍的努力让老的少的都服气,用你的实际水平和能力让人们相信你配得上那个学位——比如说,这就是我们这代人得一个学位的典型途径。这还不是最坎坷的途径。"小柏"变成"老柏",那个卫生员成为柏大夫,大致就是这么个途径,我知道,因为我们已是多年的朋友。她的丈夫大体上也是这么走过来的,我们都是朋友了;连她的儿子也叫我"老史"。闲下来细细去品,这个"老史"最令人羡慕的地方,便是一向活在友谊中。真说不定,这与我二十一岁那年恰恰住进了"友谊"医院有关。

因此偶尔有人说我是活在世外桃源,语气中不免流露了一点儿讥讽,仿佛这全是出于我的自娱甚至自欺。我颇不以为然。我既非活在世外桃源，也从不相信有什么世外桃源。但我相信世间桃源，世间确有此源，如果没有恐怕谁也就不想再活。倘此源有时弱小下去，依我看，至少讥讽并不能使其强大。千万年来它作为现实，更作为信念，这才不断。它源于心中再流入心中，它施于心又由于心，这才不断。欲其强大，舍心之虔诚又向何求呢？

也有人说我是不是一直活在童话里，语气中既有赞许又有告诫。赞许并且告诫，这很让我信服。赞许既在，告诫并不意指人们之间应该加固一条防线，而只是提醒我：童话的缺憾不在于它太美，而在于它必要走进一个更为纷繁而且严酷的世界，那时只怕它太娇嫩。

事实上二十一岁那年，上帝已经这样提醒我了，他早已把他的超级童话和永恒的谜语向我略露端倪。

住在4号时，我见过一个男孩儿。他那年七岁，家住偏僻的山村，有一天传说公路要修到他家门前了，孩子们都翘首以待好梦联翩。公路终于修到，汽车终于开来，乍见汽车，孩子们惊讶兼着胆怯，远远地看。日子一长孩子便有奇想，发现扒住卡车的尾巴可以威风凛凛地兜风，他们背着父母玩儿得好快活。可是有一次，只一次，这七岁的男孩儿失手从车上摔了下来。他住进医院时已经不能跑，四肢肌肉都在萎缩。病房里很寂寞，孩子一瘸一瘸地到处串；淘得过分了，病友们就说他："你说说你是怎么伤的？"孩子立刻低了头，老老实实地一动不动。"说呀？""说，因为什么？"孩子啜嚅着，

"喂，怎么不说呀？给忘啦？""因为扒汽车。"孩子低声说。"因为淘气。"孩子补充道。他在诚心诚意地承认错误。大家都沉默，除了他自己谁都知道：这孩子伤在脊髓上，那样的伤是不可逆的。孩子仍不敢动，规规矩矩地站着用一双正在萎缩的小手擦眼泪。终于会有人先开口，语调变得哀柔："下次还淘不淘了？"孩子很熟悉这样的宽容或原谅，马上使劲摇头："不，不，不了！"同时松了一口气。但这一回不同以往，怎么没有人接着向他允诺"好啦，只要改了就还是好孩子"呢？他睁大眼睛去看每一个大人，那意思是：还不行吗？再不淘气了还不行吗？他不知道，他还不懂，命运中有一种错误是只能犯一次的，并没有改正的机会；命运中有一种并非是错误的错误，（比如淘气，是什么错误呢？）但这却是不被原谅的。那孩子小名叫"五蛋"，我记得他，那时他才七岁，他不知道，他还不懂。未来，他势必有一天会知道，可他势必有一天就会懂吗？但无论如何，那一天就是一个童话的结尾。在所有童话的结尾处，让我们这样理解吧：上帝为了锤炼生命，将布设下一个残酷的谜语。

住在6号时，我见过有一对恋人。那时他们正是我现在的年纪，四十岁。他们是大学同学。男的二十四岁时本来就要出国留学，日期已定，行装都备好了，可命运无常，不知因为什么屁大的一点儿事不得不拖延一个月，偏就在这一个月里因为一次医疗事故他瘫痪了。女的对他一往情深，等着他，先是等着他病好，没等到；然后还等着他，等着他同意跟她结婚,还是没等到。外界的和内心的阻力重重,一年一年,男的既盼着她来又说服着她走。但一年一年,病也难逃爱也难逃,女的就这么一直等着。有一次她狠了狠心,调离北京到外地去工作了,但是斩断感情却不这么简单,而且再想调回北京也不这么简单,女的只要有三天假期也迢迢千里地往北京跑。男的那时病更重了,全身都不能动了,和我同住一个病室。女的走后,男的对我说过:你要是爱她,你就不能害她,除非你不爱她,可那你又为什么要结婚呢?男的睡着了,女的对我说过:我知道他这是爱我,可他不明白其实这是害我,我真想一走了事,我试过,不行,我知道我没法儿不爱他。女的走了男的又对我说过:不不,她还年轻,她还有机会,她得结婚,她这人不能没有爱。男的睡了女的又对我说过:可什么是机会呢?机会不在外边而在心里,结婚的机会有可能在外边,可爱情的机会只能在心里。女的不在时,我把她的话告诉男的,男的默然垂泪。我问他:"你干吗不能跟她结婚呢?"他说:"这你还不懂。"他说:"这很难说得清,因为你活在整个这个世界上。"他说:"所以,有时候这不是光由两个人就能决定的。"我那时确实还不懂。我找到机会又问女的:"为什么不是两个人就能决定的?"她说:"不,我不这么认为。"她说:"不过确实,有时候这确实很难。"她沉吟良久,说:"真的,跟你说你现在也不懂。"十九年过去了,那对恋人现在该已经都是老人。我不知道现在他们各自在哪儿,我只听说他们后来还是分手了。十九年中,我自己也有过爱情的经历了,现在要是有个二十一岁的人问我爱情都是什么,大概我也只能回答:真的,这可能从来就不是能说得清的。无论她是什么,她都很少属于语言,而是全部属于心的。还是那位台湾作家三毛说得对:爱如禅,不能说不能说,一说就错。那也是在一个童话的结尾处,上帝为我们能够永远地追寻着活下去,而设置的一个残酷却诱人的谜语。

二十一岁过去,我被朋友们抬着出了医院,这是我走进医院时怎么也没料到的。我没有死,也再不能走,对未来怀着希望也怀着恐惧。在以后的年月里,还将有很多我料想不到的事发生,我仍旧有时候默念着"上帝保佑"而陷入茫然。但是有一天我认识了神,他有一个更为具体的名字——精神。在科学的迷茫之处,在命运的混沌之点,人唯有乞灵于自己的精神。不管我们信仰什么,都是我们自己的精神的描述和引导。

1990年12月7日

故乡的胡同

北京很大，不敢说就是我的故乡。我的故乡很小，仅北京城之一角，方圆大约二里，东和北曾经是城墙现在是二环路。其余的北京和其余的地球我都陌生。

二里方圆，上百条胡同密如蛛网，我在其中活到四十岁。编辑约我写写那些胡同，以为简单，答应了，之后发现，这岂非是要写我的全部生命？办不到。但我的心神便又走进那些胡同，看它们一条一条怎样延伸怎样连接，怎样枝枝杈杈地漫展，以及怎样曲曲弯弯地隐没。我才醒悟，不是我曾居于其间，是它们构成了我。密如蛛网，每一条胡同都是我的一段历史、一种心绪。

四十年前，一个男孩儿艰难地越过一道大门槛，惊讶着四下张望，对我来说胡同就在那一刻诞生。很长很长的一条土路，两侧一座座院门排向东西，红而且安静的太阳悬挂西端。男孩儿看太阳，直看得眼前发黑，闭一会儿眼，然后顽固地再看那太阳。因为我问过奶奶："妈妈是不是就从那太阳里回来?"

奶奶带我走出那条胡同,可能是在另一年。奶奶带我去看病,走过一条又一条胡同,天上地上都是风、被风吹淡的阳光、被风吹得继续的鸽哨声。那家医院就是我的出生地。打完针,号啕之际,奶奶买一串糖葫芦慰劳我,指着医院的一座西洋式小楼说,她就是在那儿听见我来了,说那天下着罕见的大雪。

是我不断长大所以胡同不断地漫展呢,还是胡同不断地漫展所以我不断长大?可能是一回事。有一天母亲领我拐进一条更长更窄的胡同,把我送进一个大门,一眨眼母亲不见了,我正要往门外跑时被一个老太太拉住,她很和蔼但是我哭着使劲挣脱她,屋里跑出来一群孩子,笑闹声把我的哭喊淹没。那是我头一回离家在外,那一天很长,墙外磨刀人的喇叭声尤其漫漫。幼儿园是那老太太办的,都说她信教。

几乎每条胡同都有庙。僧人在胡同里静静地走,回到庙去沉沉地唱,那诵经声总让我看见夏夜的星光。睡梦中我还常常被一种清朗的钟声唤醒,以为是午后阳光落地的震响,多年后我才找到它的来源。现在俄国使馆的位置,曾是一座东正教堂,我把那钟声和它联系起来时,它已被推倒。那时,寺庙多也消失或改为他用。

我的第一个校园就是往日的寺庙,庙院里松柏森森。那儿有个可怕的孩子,他有一种至今令我惊诧不解的能力,同学们都怕他。他说他第一跟谁好谁就会受宠若惊,他说他最后跟谁好谁就会忧心忡忡，他说他不跟谁好了谁就像是被判离群的鸟。因为他，我学会了谄媚和防备，看见了孤独。成年以后，我仍能处处见出他的影子。

十八岁我去插队，离开这片故土三年。回来时两腿残废了找不到工作，我常独自摇了轮椅一条条再去走那些胡同。它们几乎没变，只是往日都到哪儿去了很费猜解。在一条胡同里我碰见一群老太太，她们用油漆涂抹着美丽的图画，我说，我可以参加吗？我便在那儿拿到平生第一份工资。我们镇日涂抹说笑，对未来抱着过分的希望。

母亲对未来的祈祷，可能比我对未来的希望还要多，她在我们住的院子里种下一棵合欢树。那时我开始写作，开始恋爱，爱情使我的心魂从轮椅里站起来。可是合欢树长大了，母亲却永远离开了我。几年后我的恋人也远去他乡，但那时她们已经把我培育得可以让人放心了。然后我的妻子来了，我把珍贵的以往说给她听，她说因此她也爱恋着我的这块故土。

我单不知，像鸟儿那样飞在不高的空中俯看那片密如蛛网的胡同，会是怎样的景象？飞在空中而且不惊动下面的人类，看一条条胡同的延伸、连接、枝枝杈杈地漫展以及曲曲弯弯地隐没，是否就可以看见了命运的构造？

1993年12月

墙下短记

　　一些当时看去不太要紧的事却能长久扎根在记忆里。它们一向都在那儿安睡，偶尔醒一下，睁眼看看，见你忙着（升迁或者遁世）就又睡去，很多年里它们轻得仿佛不在。千百次机缘错过，终于一天又看见它们，看见时光把很多所谓人生大事消磨殆尽，而它们坚定不移固守在那儿，沉沉地有了无比的重量。比如一张旧日的照片，拍时并不经意，随手放在哪儿，多年中甚至不记得有它，可忽然一天整理旧物时碰见了它，拂去尘埃，竟会感到那是你的由来也是你的投奔；而很多郑重其事的留影，却已忘记是在哪儿和为了什么。

　　近些年我常常想起一道墙，碎砖头垒的，风可以吹落砖缝间的细土。那道墙很长，至少在一个少年看来是很长，很长之后拐了弯儿，拐进一条更窄的小巷里去。小巷的拐角处有一盏街灯，紧挨着往前是一个院门，那里住过我少年时的一个同窗好友。叫他L吧。L和我能不能永远是好友，以及我们打完架后是否又言归于好，都不重要，重要的是我们一度形影不离，流动不居的生命有一段就由这友谊铺筑成。细密的小巷中，上学和放学的路上我们一起走，冬天和夏天，风声或蝉鸣，太阳到星空，十岁也许九岁的L曾对我说，他将来要娶班上一个（暂且叫她作M的）女生做老婆。L转身问我："你呢，想和谁？"我准备不及，想想，觉得M确是漂亮。L说他还要挣很多钱。"干吗？""废话，那时你还花你爸的钱呀？"少年之间的情谊，想来莫过于我们那时的无猜无防了。

我曾把一件珍爱的东西送给L。一本连环画呢，还是一个什么玩具？已经记不清。可是有一天我们打了架，为什么打架也记不清了，但丝毫不忘的是：打完架，我又去找L要回了那件东西。

老实说，单我一个人是不敢去要的，或者也想不起去要。是几个当时也对L不大满意的伙伴指点我、怂恿我，拍着胸脯说他们甘愿随我一同前去讨还，再若犹豫就成了笨蛋兼而傻瓜。就去了。走过那道很长很熟悉的墙，夕阳正在上面灿烂地照耀，但在我的记忆里，走到L家的院门时，巷角的街灯已经昏黄地亮了。这只可理解为记忆的作怪。

站在那门前，我有点儿害怕，身旁的伙伴便极尽动员和鼓励，提醒我：倘调头撤退，其可卑甚至超过投降。我不能推卸罪责给别人：跟L打架后，我为什么要把送给L东西的事告诉别人呢？指点和怂恿都因此发生。我走进院中去喊L，

L出来，听我说明来意，愣着看一会儿我，让我到大门外等着。L背着他的母亲，从屋里拿出那件东西交在我手里，不说什么，就又走回屋去。结束总是非常简单，咔嚓一下就都过去。

　　我和几个同来的伙伴在巷角的街灯下分手，各自回家。他们看看我手上那件东西，好歹说一句"给他干吗"，声调和表情都失去来时的热度，失望甚或沮丧料想都不由于那件东西。

　　我贴近墙根儿独自往回走，那墙很长，很长而且荒凉，记忆在这儿又出了差误，好像还是街灯未亮、迎面的行人眉目不清的时候。晚风轻柔得让人无可抱怨，但魂魄仿佛被它吹离，飘起在黄昏中再消失进那道墙里去。捡根树枝，边走边在那墙上轻划，砖缝间的细土一股股地垂流……咔嚓一下所送走的，都扎根进记忆去酿制未来的问题。

　　那很可能是我对于墙的第一种印象。

　　随之，另一些墙也从睡中醒来。

　　几年前，有一天傍晚"散步"，我摇着轮椅走进童年时常于其间玩耍的一片胡同。其实一向都离它们不远，屡屡在其周围走过，匆忙得来不及进去看望。

　　记得那儿曾有一面红砖短墙，墙头插满锋利的碎玻璃碴儿，我们一群八九岁的孩子总去搅扰墙里那户人家的安宁，攀上一棵小树，扒着墙沿儿央告人家把我们的足球扔出来。

墙下短记

那面墙应该说藏得很是隐蔽,在一条死巷里,但可惜那巷口的宽度很适合做我们的"球门",巷口外的一片空地是我们的"球场"。球难免是要踢向"球门"的,倘临门一脚踢飞,十之八九便降落到那面墙里去。墙里是一户善良人家,飞来物在我们的央告下最多被扣压十分钟。但有一次,那足球学着篮球的样子准确投入墙内的面锅,待一群孩子又爬上小树去看时,雪白的面条热气腾腾全滚在煤灰里。正是所谓"三年困难时期",足球事小,我们趁暮色抱头鼠窜。好几天后,我们由家长带领,以封闭"球场"为代价换回了那只足球。

条条小巷依旧,或者是更旧了。可能正是国庆期间,家家门上都插了国旗。变化不多,唯独那"球场"早被压在一家饭馆和一座公厕下面。"球门"对着饭馆的后墙,那户善良人家料必是安全得多了。

我摇着轮椅走街串巷,闲度国庆之夜。忽然又一面青灰色的墙叫我怦然心动,我知道,再往前去就是我的幼儿园了。青灰色的墙很高,里面有更高的树,树顶上曾有鸟窝,现在没了。到幼儿园去必要经过这墙下,一俟见了这面高墙,退步回家的希望即告断灭。那青灰色几近一种严酷的信号,令童年分泌恐怖。

这样的"条件反射"确立于一个盛夏的午后,所以记得清楚,是因为那时的蝉鸣最为浩大。那个下午母亲要出长差,到很远的地方去。我最高的希望是她不去出差,最低的希望是我可以不去幼儿园,在家,不离开奶奶。但两份提案均遭否决,据哭力争亦不奏效。如今想来,母亲是要在远行之前给我立下严明的纪律。哭声不停,母亲无奈说带我出去走走。"不去幼儿园!"出门时我再次申明立场。母亲领我在街上走,沿途买些好吃的东西给我,形势虽然可疑,但看看走了这么久又不像是去幼儿园的路,牵着母亲的长裙心里略略地松坦。可是!好吃的东西刚在嘴里有了味道,迎头又来了那面青灰色高墙,才知道条条小路相通。虽立刻大哭,料已无济于事。但一迈进幼儿园的门槛,哭喊即自行停止,心里明白没了依靠,唯规规矩矩做个好孩子是得救的方略。幼儿园墙内,是必度的一种"灾难",抑或只因为这一个孩子天生地怯懦和多愁。

三年前我搬了家,隔窗相望就是一所幼儿园,常在清晨的懒睡中就听见孩子进园前的嘶号。我特意去那园门前看过,抗拒进园的孩子其壮烈都像宁死不屈,但一落入园墙便立刻吞下哭声,恐惧变成冤屈,泪眼望天,抱紧着对晚霞的期待。不见得有谁比我更能理解他们,但早早地对墙有一点儿感受,不是坏事。

我最记得母亲消失在那面青灰色高墙里的情景。她当然是绕过那面墙走上了远途的,但在我的印象里,她是走进那面墙里去了。没有门,但是母亲走进去了,在那些高高的树上蝉鸣浩大,在那些高高的树下母亲的身影很小,在我的恐惧里那儿即是远方。

墙下短记

坐在窗前,看远近峭壁一般林立的高墙和矮墙。我现在有很多时间看它们。有人的地方一定有墙。我们都在墙里。没有多少事可以放心到光天化日下去做。规规整整的高楼叫人想起图书馆的目录柜,只有上帝可以去拉开每一个小抽屉,查阅亿万种心灵秘史,看见破墙而出的梦想都在墙的封护中徘徊。还有死神按期来到,伸手进去,抓阄儿似的摸走几个。

我们有时千里迢迢——汽车呀、火车呀、飞机可别一头栽下来呀——只像是为了去找一处不见墙的地方:荒原、大海、林莽甚至沙漠。但未必就能逃脱。墙永久地在你心里,构筑恐惧,也牵动思念。一只"飞去来器",从墙出发,又回到墙。你千里迢迢地去时,鲁滨孙正千里迢迢地回来。

哲学家先说是劳动创造了人,现在又说是语言创造了人。墙是否创造了人呢?语言和墙有着根本的相似:开不尽的门前是撞不尽的墙壁。结构呀、解构呀、后什么什么主义呀……啦啦啦,啦啦啦……游戏的热情永不可少,但我们仍在四壁的围阻中。把所有的墙都拆掉就不行吗?我坐在窗前用很多时间去幻想一种魔法。比如"啦啦啦,啦啦啦……"很灵验地念上一段咒语,唰啦一下墙都不见。怎样呢?料必大家一齐慌作一团(就像热油淋在蚁穴),上哪儿的不知道要上哪儿了,干吗的忘记要干吗了,漫山遍野地捕食去和睡觉去吗?毕竟又嫌趣味不够,然后大家埋头细想,还是要砌墙。砌墙盖房,不单为避风雨,因为大家都有些秘密,其次当然还有一些钱财。秘密,不信你去慢慢推想,它是趣味的爹娘。

其实秘密就已经是墙了。肚皮和眼皮都是墙,假笑和伪哭都是墙,只因这样的墙嫌软嫌累,要弄些坚实耐久的来加密。就算这心灵之墙可以轻易拆除,但山和水都是墙,天和地都是墙,时间和空间都是墙,命运是无穷的限制,上帝的秘密是不尽的墙。真要把这秘密之墙也都拆除,虽然很像似由来已久的理想接近了实现,但是等着瞧吧,满地球都怕要因为失去趣味而响起昏昏欲睡的鼾声,梦话亦不知从何说起。

趣味是要紧而又要紧的。秘密要好好保存。

探秘的欲望终于要探到意义的墙下。

活得要有意义,这老生常谈倒是任什么主义也不能推翻。加上个"后"字也是白搭。比如爱情,她能被物欲拐走一时,但不信她能因此绝灭。"什么都没啥了不起"的日子是要到头的,"什么都不必介意"的舞步可能"潇洒"地跳去撞墙。撞墙不死,第二步就是抬头,那时见墙上有字,写着:哥们儿你要上哪儿呢?这到底是要干吗?于是躲也躲不开,意义找上了门,债主的风度。

意义的原因很可能是意义本身。干吗要有意义?干吗要有生命?干吗要有存在?干吗要有有?重量的原因是引力,引力的原因呢?又是重量。学物理的人告诉我:千万别把运动和能量,以及和时空分割开来理解。我随即得了启发:也千万别把人和意义分割开来理解。不是人有欲望,而是人即欲望。这欲望就是能量,是能量就是运动,是运动就走去前面或者未来。前面和未来都是什么和都是为什么？这必来的疑问使意义诞生，上帝便在第六天把人造成。上帝比靡菲斯特更有力量，任何魔法和咒语都不能把这一天的成就删除。在这一天以后所有的光阴里，你逃得开某种意义，但逃不开意义，如同你逃得开一次旅行但逃不开生命之旅。

你不是这种意义，就是那种意义。什么意义都不是，就掉进昆德拉所说的"生命不能承受之轻"。你是一个什么呢？生命算是个什么玩意儿呢？轻得称不出一点儿重量你可就要消失。我向L讨回那件东西，归途中的惶茫因年幼而无以名状，如今想来，分明就是为了一个"轻"字：珍宝转眼被处理成垃圾，一段生命轻得飘散了，没有了，以为是什么原来什么也不是，轻易、简单、灰飞烟灭。一段生命之轻，威胁了生命全面之重，惶茫往灵魂里渗透：是不是生命的所有段落都会落此下场啊？人的根本恐惧就在这个"轻"字上，比如歧视和漠视，比如嘲笑，比如穷人手里作废的股票，比如失恋和死亡。轻，最是可怕。

要求意义就是要求生命的重量。各种重量。各种重量在撞墙之时被真正测量。但很多重量，在死神的秤盘上还是轻，秤砣平衡在荒诞的准星上。因而得有一种重量，你愿意为之生也愿意为之死，愿意为之累，愿意在它的引力下耗尽性命。不是强言不悔，是清醒地从命。神圣是上帝对心魂的测量，是心魂被确认的重量。死亡光临时有一个仪式，灰和土都好，看往日轻轻地蒸发，但能听见，有什么东西沉沉地还在。不期还在现实中,只望还在美丽的位置上。我与L的情谊,可否还在美丽的位置上沉沉地有着重量?

不要熄灭破墙而出的欲望,否则鼾声又起。

但要接受墙。

为了逃开墙,我曾走到过一面墙下。我家附近有一座荒废的古园,围墙残败但仍坚固,失魂落魄的那些岁月里我摇着轮椅走到它跟前。四处无人,寂静悠久,寂静的我和寂静的墙之间,膨胀和盛开着野花,膨胀和盛开着冤屈。我用拳头打墙,用石头砍它,对着它落泪、喃喃咒骂,但是它轻轻掉落一点儿灰尘再无所动。天不变道亦不变。老柏树千年一日伸展着枝叶,云在天上走,鸟在云里飞,风踏草丛,野草一代一代落籽生根。我转而祈求墙,双手合十,创造一种祷词或谶语,出声地诵念,求它给我死,要么还给我能走的腿……睁开眼,伟大的墙还是伟大地矗立,墙下呆坐一个不被神明过问的人。空旷的夕阳走来园中,若是昏昏地睡去,梦里常掉进一眼枯井,井壁又高又滑,喊声在井里嗡嗡碰撞而已,没人能听见,井口上的风中也仍是寂静的冤屈。喊醒了,看看还是活着,喊声并没惊动谁,并不能惊动什么,墙上有青润的和干枯的苔藓,有蜘蛛细巧的网,死在半路的蜗牛身后拖一行鳞片似的脚印,有无名少年在那儿一遍遍记下的3.1415926……

在这墙下,某个冬夜,我见过一个老人。记忆和印象之

墙下短记

间总要闹出一些麻烦：记忆说未必是在这墙下，但印象总是把记忆中的那个老人搬来，真切地在这墙下。雪后，月光朦胧，车轮吱吱叽叽轧着雪路，是园中唯一的声响。这么走着，听见一缕悠沉的箫声远远传来，在老柏树摇落的雪雾中似有似无，尚不能识别那曲调时已觉其悠沉之音恰好碰住我的心绪。侧耳屏息，听出是《苏武牧羊》。曲终，心里正有些凄怆，忽觉墙影里一动，才发现一个老人背壁盘腿端坐在石凳上，黑衣白发，有些玄虚。雪地和月光，安静得也似非凡。竹箫又响，还是那首流放绝地、哀而不死的咏颂。原来箫声并不传自远处，就在那老人唇边。也许是气力不济，也许是这古曲一路至今光阴坎坷，箫声若断若续并不高亢，老人颤颤的吐纳之声亦可悉闻。一曲又尽，老人把箫管轻横腿上，双手摊放膝头，看不清他是否闭目。我惊诧而至感激，一遍遍听那箫声和箫声断处的空寂，以为是天谕或是神来引领。

那夜的箫声和老人，多年在我心上，但猜不透其引领指向何处。仅仅让我活下去似乎用不着这样神秘。直到有一天我又跟那墙说话，才听出那夜箫声是唱着"接受"，接受天命的限制。（达摩的面壁是不是这样呢？）接受残缺。接受苦难。接受墙的存在。哭和喊都是要逃离它，怒和骂都是要逃离它，恭维和跪拜还是想逃离它。我常常去跟那墙谈话，对，说出声，默想不能逃离它时就出声地责问，也出声地请求、商量，所谓软硬兼施。但毫无作用，谈判必至破裂，我的一切条件它都不答应。墙，要你接受它，就这么一个意思反复申明，不卑不亢,直到你听见。直到你不是更多地问它,而是听它更多地问你,那谈话才称得上谈话。

　　我一直在写作,但一直觉得并不能写成什么,不管是作品还是作家还是主义。用笔和用电脑,都是对墙的谈话,是如衣食住行一样必做的事。搬家搬得终于离那座古园远了,不能随便就去,此前就料到会怎样想念它,不想最为思恋的竟是那四面矗立的围墙;年久无人过问,记得那墙头的残瓦间长大过几棵小树。但不管何时何地,一闭眼,即刻就到那墙下。寂静的墙和寂静的我之间,野花膨胀着花蕾,不尽的路途在不尽的墙间延展,有很多事要慢慢对它谈,随手记下谓之写作。

1994年9月5日

复杂的必要

母亲去世十年后的那个清明节,我和父亲和妹妹去寻过她的坟。

母亲去得突然,且在中年。那时我坐在轮椅上正惶然不知要向哪儿去,妹妹还在读小学。父亲独自送母亲下了葬。巨大的灾难让我们在十年中都不敢提起她,甚至把墙上她的照片也收起来,总看着她和总让她看着我们,都受不了。才知道越大的悲痛越是无言:没有一句关于她的话是恰当的,没有一个关于她的字不是恐怖的。

十年过去,悲痛才似轻了些,我们同时说起了要去看看母亲的坟。三个人也便同时明白,十年里我们不提起她,但各自都在一天一天地想着她。

坟却没有了,或者从来就没有过。母亲辞世的那个年代,城市的普通百姓不可能有一座坟,只是火化了然后深葬,不留痕迹。父亲满山跑着找,终于找到了他当年牢记下的一个标志,说:离那标志向东三十步左右就是母亲的骨灰深埋的地方。但是向东不足二十步已见几间新房,房前堆了石料,是一家制作墓碑的小工厂了,几个工匠埋头叮当地雕凿着碑石。父亲憋红了脸,喘气声一下比一下粗重。妹妹推着我走近前去,把那儿看了很久。又是无言。离开时我对他们俩说:也好,只当那儿是母亲的纪念堂吧。

虽是这么说,心里却空落得以至于疼。

我当然反对大造阴宅。但是,简单到深埋且不留一丝痕迹,真也太残酷。一个你所深爱的人,一个饱经艰难的人,一个无比丰富的心魂……就这么轻易地删简为零了?这感觉让人沮丧至极,仿佛是说,生命的每一步原都是可以这样删除的。

纪念的习俗或方式可以多样,但总是要有。而且不能简单,务要复杂些才好。复杂不是繁冗和耗费,心魂所要的隆重,并非物质的铺张可以奏效。可以火葬,可以水葬,可以天葬,可以竖碑,也可为死者种一棵树,甚或只为他珍藏一片树叶或供奉一根枯草……任何方式都好,唯不可一味地简单。任何方式都表明了复杂的必要。因为,那是心魂对心魂的珍重所要求的仪式,心魂不能容忍对心魂的简化。

从而想到文学。文学,正是遵奉了这种复杂原则。理论要走向简单,文学却要去接近复杂。若要简单,任何人生都是可以删简到只剩下吃喝屙撒睡的,任何小说也都可以删简到只剩下几行梗概,任何历史都可以删简到只留几个符号式的伟人,任何壮举和怯逃都可以删简成一份光荣加一份耻辱……但是这不行,你不可能满足于像孩子那样只盼结局,你要看过程,从复杂的过程看生命艰巨的处境,以享隆重与壮美。其实人间的事,更多的都是可以删简但不容删简的。不信去想吧。比如足球,若单为决个胜负,原是可以一上来就踢点球的,满场奔跑倒为了什么呢?

1995年2月10日

足球内外

一

从电视里看足球,好处是局部争夺看得清楚,球星们的眉目也真切,坏处是只见局部,此局部切换到彼局部,看不出阵形,不知昌盛之外藏了什么腐败,或平淡的周围正积酿着怎样的激情,更要紧的是欣赏欲望被摄像师的趣味控制,形同囚徒,只可在20英寸的一方小窗中偷看风云变幻。很想再身临实地去看一回。上一回去体育场看足球是二十多年前了,那时腿还未残。

桑普多利亚队二次来京时,朋友们把我抬进了体育场。去之前心里忐忑,怕人家不让轮椅进,倒去平白葬送一个快乐的晚上。这担心是多余了,守门人把我看了一会儿,便亲自为我开道。朋友们抬轿似抬我上楼梯时,一群年轻球迷竟冲我鼓掌,喊:"行嘿哥们儿,有您这样儿的,咱中国队非赢不可!"

体育场里不认得了。过去的印象是除去一坪绿草蓬勃鲜明，四周则密麻麻灰压压都是规规矩矩的看客，自由唯不谨慎时才有所泄露。现在呢，球场就像盛装的舞台，观众席上五彩缤纷旗幡涌动，呐喊声、歌声、喇叭声……沸反盈天。第一个感受是，观众不再仅仅是观众，此乃一场巨型卡拉OK。

第二个感受是，"同志"这个渐渐消逝着的词儿于此无声地再现光辉。此处的人群与别处的人群大不相同，虽摩肩接踵难免磕磕碰碰，但进攻式的粗鲁没有，防御式的客气也没有，认识不认识的都像是相知已久，你一掏烟他就点火，甭谢，相互默契，然后开"侃"。侃的当然都是足球，侃者或儒雅或狂放，却都不把球场外的身份带进来，这儿只承认球迷的一份尊严与平等。是球迷吗？行，好样儿的，一家人，"先生""小姐"都太生分，是同志。虽"同志"二字并不发声，但我感到在人们未及发觉的心底，正是存在着这两个字。也许，同志一词原就是由这样的情境产生。这让我想起七六年地震时的情景，因为灾难的平等，使人间的等级隔膜一时消退，震后大家都曾怀念震时的人际关系，遗憾那样的美好何以不能长久。

二

那时是因为灾难一视同仁，现在呢？现在是因为真正的欢乐也须如此。狂欢，唯一视同仁才可能，唯期冀自由和庆贺平等的时刻才有狂欢。

我不大看得见绿草坪上正在进行的比赛，因为至少有八十分钟人们是站着看的，激动的情绪使他们坐不下来，所有的座位都像是装了弹簧，往下一坐就反弹起来。前面的一对年轻恋人不断回头向我表示歉意，就像狂欢的队伍时而也注意一下路边掉队的老人，但是没办法，盛典正是如火如荼我们不能不跟随着去呀。我表示理解。我也很满足。我坐在人群背后专心倾听，狂欢是可以听的，以听的方式加入狂欢。

人们谈论着，赞美着，笑着和骂着……我听出多数人并不怎么懂足球，或者说并不像教练员和裁判员们那样懂足球，但他们懂得那不仅仅是足球，那更是狂欢，技术和战术都是次要的，一坪绿草上正在演出的是如祭礼一般的仪式！黑衣裁判仿佛祭司，飞来飞去的皮球如同祭器，满场奔跑着的球员是诸神的化身，四周的人群呢，是唱诗班，是一路朝拜而来的信徒或众生。所以你不能仅仅是看客，你来了是来参加的。所以不能单是看，更要听，用心领悟，人们如醉如痴是因为听到了比球场更为辽阔的世界，和比九十分钟更为悠久的历史，听到了这仪式所象征的人的无边梦想，于是还要呼喊，还要吹响喇叭，还要手舞足蹈，以便一向要遏制或管束我们的命运之神能够为之感动，至于他感动了之后会赐给我们什么好处倒不是这呼喊所关心的，给或者不给那都一样，给或者不给，无边的梦想总要表达总要流传。

人需要狂欢，尤其今天。现代生活令人紧张，令人就范，常像让狼追着,没头苍蝇似的乱撞,身体拥挤心却隔离,需要有一处摆脱物欲、摆脱利害、摈弃等级、吐尽污浊、普天同庆的地方。人们选择了足球场,平凡的日子里只有这儿能聚拢这么多人,数万人从四面八方走来一处便令人感动,让人感受到一种象征,就像洛杉矶奥运会时的一首歌中所唱:We are the world。而在这世界上,当灾难休闲或暂时隐藏着,唯狂欢可聚万众于一心,于是那首歌接着唱道:We are the children。我们是世界,我们是孩子,那是说:此时此地世界并不欣赏成人社会的一切规则,唯以孩子的纯真参加进对自由和平等的祈祷中来,才有望走近那无限时空里蕴藏的梦想。

三

但是,强者的雄风太迷人了,战胜者的荣耀太吸引人了,而且这雄风和荣耀必是以弱者和失败者的被冷落为衬照,这差别太刺激人了,于是人很容易忘记聆听(谛听和领悟),全副热情都掉进那差别中,去争夺居强的一端。争夺的热情大致基于这样的心理:在诸多的国家中我在的国家是最强的,在诸多的城市中我居住的城市是最好的,在诸多的民族中我所属的民族是最优秀的,甚而至于在诸多朝圣的路途中我的路途是最神圣的。这样的心理若是只意味着战胜自己,也许本来不坏,但是,对荣耀的渴望使人再也听不见无限时空里的属于全人类的危惧和梦想,胜利仅仅在打败对方的欲望中成立。梦想从无限的时空萎缩进人际的输赢,狂欢就变成了彻头彻尾的争夺,那时"同志"忽然就被"立场"取代。在"同志"被"立场"取代的地方(不管是明着还是暗着),便不再有朝圣的仪式,而是战争的模型了。

　　我想起"文革"中的一些惨剧,大半是由立场做着前导;明知某事是假是恶是丑,但立场却能教你违心相随或缄口不言,甚而还要忏悔自己的立场不坚定。不不,立场和观点截然不同,观点是个人思想的自由,立场则是集体对思想的强制。立场说穿了就是"派同伐异",顺我派者善,逆我派者恶,不须再问青红皂白。否则为什么要有立场这个词呢?尤其是观点一词并不作废的时候,立场究竟是要说什么呢?是说相同观点的人要站到一起来吗?首先,相同的观点因其相同不是已经站到一起来了吗?再强调站到一起来是什么意思?其次,观点并非永远不变,相同一旦变成不同是否就要以立场的名义施之惩罚呢?若非如此,就真想不懂立场为什么不算是一句废话?记得"文革"时代有一首童谣:我们都是木头人,不许说话不许动,看谁立场最坚定。这可真是童言无忌道破天机。奇怪的是这童谣在当时怎么没有被划作反动言论,想来绝不是"四人帮"之流的疏忽,而是在他们看来这正是立场的本意。

　　立场怎样不知不觉地走进人间,也就怎样神鬼莫察地进了足球场,此一方球迷与彼一方球迷的大打出手、视若仇敌便屡见不鲜。我们是世界，变成了：我们是国家，我们是民族，我们是帮派，我们是我们，你们他妈的是你们。我们是孩子，则变成了：我们是英雄，我们是好汉，你们他妈的算是什么玩意儿？

本没有谁一心去做孬种，或号召大家争当败类。值得担心的倒是"英雄""好汉"的内涵不清，倘英雄主义糊里糊涂地竟认同起暴力来，肯定不会有好局面送给人间。狂欢精神一旦散失，便特别危险地要蜕变成狂热，勇猛和不屈都来不及对着生命的困惑，而要顺理成章地杀向异己的人类了（比如网球明星塞莱斯的被刺）。立场这个词把我们害着，把足球以及所有体育比赛都害着，把足球场里和地球上面的英雄害着，把狂欢精神和神圣之域也害着。

神圣之域尤其是不需要宣扬立场的。神圣并不蔑视凡俗，更不与凡俗敌对，神圣不期消灭也不可能消灭凡俗，任何圣徒都凡俗地需要衣食住行，也都凡俗地难免心魂的歧途，唯此神圣才要驾临俗世。神圣只是对凡俗的救助和感召，在富足或贫困的凡俗生活同样会步入迷茫、同样可能昏昏堕落的时候，神圣以其爱与美的期念给我们一条无尽无休的活路。

四

埃斯科巴（哥伦比亚足球队2号后卫）在"世界杯"后

的惨死,是足球史和体育史上旷古的灾难,是所有球迷及全人类都该深思的。埃斯科巴的惨死,很像马尔克斯的一篇著名小说的标题,是"一场事先张扬的凶杀案"。所谓事先张扬,并不单指几个歹徒先期发出了威吓,而是说,这场凶杀早已在狂欢精神退出足球场时就已经张扬开了。而地球上的一切战争、不义和杀戮,大约也都是这样张扬开的。

狂欢精神丢失了,甚至兴趣也不在足球的技艺上,狂热去投奔哪儿呢?毫无疑问也绝无例外——去投奔战胜者的荣耀。

但是,鲜花、赞美、崇拜都向着战胜者去,失败者一无所有。已经说过,这差别太刺激人了,刺激的结果必是愤恨产生。狂欢精神的丢失,其不妙并不直接表现在战胜者的志得意满,而是最先显露于失败者的愤恨不平,尤其这愤恨并不对着神圣之域的被污染,而是由于自己的遭冷落,这愤恨便要积蓄到失去理性。屡屡的失败而且仍然忘记着聆听,看着吧,坏孩子的脾气就要发作。他本来想的是:我是最好的和我们是最好的,你们他妈的算是什么东西?可是现在怎么一切都颠倒了呢?被惯坏的孩子就要闹脾气,像北京话里说的要"耍叉"了,不讲理了,要在球场之外去寻报复了,要不择手段地去占住那居强的一端。

这样"耍叉"的孩子,常常也声称不欣赏现实世界的规则,但是留神,这与狂欢精神绝不一样。狂欢是在祈祷全人类的自由,"耍叉"的孩子是要大家都来恭维他和跟随他的主义。也可能他的主义是好的,但也可能他的主义是坏的呢?

五

所以,不如"多研究些问题,少谈些主义",让所有的观点都有表达的机会,旗倒不妨慢举。并非不可以谈主义,但主义之前(或大旗之下)最好先有问题的研究,比如说:英雄和神圣都是什么含义呢?再比如:"做人要有尊严"这句话其实什么都没说,因为什么是尊严呢,以及怎么维护这尊严?

成功者就一定是英雄,或者反抗者就一定是英雄吗?神圣就是轻物利,或者退避红尘独享逍遥?尊严呢,是否单靠一副傲骨,或随时都警惕着一条测量他人冷热的神经?当然不这么简单。比如爱是神圣的,但爱是怎么回事似乎一向还是问题。有一种意见说:爱就够了,不必弄什么清楚。可是不清楚又怎么知道就够了呢?除非是自己够了,但这就又回到废话上。人民也是神圣的,但这样的大旗谁都能打着,贪污和行霸也用得着。不过有时也简单,比如"你们他妈的算是什么玩意儿!"此言一出即可明白,言者离英雄还远,那很像是自慰的一条计策(阿Q做证),而尊严,却在自以为维护的同时毁坏。所以,研究的项目还多,不忙举旗。

不说成功者。因为谁都不大可能永远不碰上失败。说反抗者。足球场上有好几种反抗者。一种已被红牌罚出场外,没什么说的了。一种在场外寻衅施暴,有法律管他,不说也罢。还有一种，以0比9落后着，而且比赛已经到了第八十九分钟，这不是篮球是足球啊——就是说输定了，但十一个反抗者却仍全心全力地踢着，忘生忘死地奔跑。他们的目的从来就不狭隘到只要求战胜对方，他们知道0比9和9比0都是那仪式中的一项启示，生命之途上的一步路程，而每一步路程的前面都是一样的无限——无限困境和无限精彩的可能，这才是英雄的反抗者吧。尤其这时，如果9比0领先的一方也有如此领悟，不傲不怠，知道人际的胜负实属扯淡，此十一人与彼十一人都是困境的反抗者和精彩的体现者，这时，狂欢精神就全面地回来了。已经开始退场的球迷不是真正的球迷，他们看不见是什么回来了，而依然呐喊或呆望着的球迷是神圣的球迷，他们知道。

0比9是一个夸张。

但狂欢精神是怎样回来的？从哪儿，和经历了什么才回来？如果它回来了，必是因为这样的发现：我们是世界，我们是孩子，我们是注定的困苦，和注定的爱与美的祈盼。

六

说到精神的胜利，人们马上会想起阿Q，似乎那是未庄这一位农民的专利。真是天大的误会。其实哪一种胜利不是最后落实在精神上呢？单单落实在物质上的胜利倒要狭隘得多了。精神胜利者并不都是阿Q，因为并非人人都拿癞头疮去做胜利的基础，更不为自己的虱子比王胡的小些而愤愤。

不久前的"美洲杯"上，巴西靠"上帝之手"赢了阿根廷，赛后记者就这个球去问巴西队的感想，巴西队里竟有人说"去问他们的马拉多纳吧"，意思是说鼎鼎大名的马拉多纳也曾靠一个手球，为阿根廷队淘汰过英国队。我一向是巴西队的球迷，不因其冠军得的多，而因其把足球踢得潇洒美丽出神入化，但这一回真让千里万里之外的这一个巴西队的球迷为之羞愧。"上帝之手"有时难免，但上述回答真是有点儿阿Q的心理了。

这便想起足球场上还有一种反抗者，他们怎么也不能镇静地面对失败。他们的球队是最好的球队——这是他们立场的前提，不容怀疑也不容讨论的，于是失败就只好归咎到裁判头上去。毫无疑问，对裁判的错误应当揭露。但是这一种反抗者对裁判的错误一般采取两种截然相反的态度：利于对方则暴怒，利于自己则窃喜，暴怒时他们要问公理何在，窃喜时他们心想彼此彼此什么他妈的公理，这真正是矫情。

矫情的结果是并不能让自己进步，贬损对方吧，又不真能使对方溃退，想来想去还是那个裁判讨厌。但是把那个讨厌的裁判骂也骂过了，形势仍不乐观。于是便时有贿赂裁判的事件发生，这倒是未庄那一位穷汉未及学成的计策。

文学界经常也能看见这样的矫情，总也盼不到赞誉和畅销的时候，便去骂"评论家"和读者，或者转而去贿赂他们，当然不是用金钱，而是用文思（或文风）向"评论家"和市场靠拢。雄心再大一些的则去化验获诺贝尔奖的丹方，说是得有这一味得有那一味中国人才可能获那大奖，少了这一味缺了那一味则是皓首穷经也必名落孙山的。结果弄得人无所适从，翻箱倒柜找故事，掘地三尺挖古董，中西大菜满汉全席都上了桌，还是无济于事。怎么回事呢？很可能就在忙着化验他人之丹方的时候，把自己最重要的东西丢了：心魂。而那里面才是无限的辽阔、无穷的丰富，有不尽的创造的可能呀。其实文学和足球一样，根本是在困惑和狂欢时的聆听，立足于地而向苍天的询问，魂游于天而对土地的关怀。奖者，一种有趣的标记而已。对于真正的球迷，0比0的结果并不表明九十分钟的无味或多余。

七

如果我是外星人，我选择足球来了解地球的人类。如果我从天外来，我最先要去看看足球，它浓缩着地上人间的所有消息。

比如人对于狂欢和团聚的需要，以及狂欢和团聚又怎样演变成敌视和隔离，这已经说过。再比如它所表达的个人与群体的相互依赖，二十二个球员散布在场上，乍看似无关联，但牵一发而全身动，那时才看出来，每一个精彩点都是一个美妙结构的产物,而每一次局部失误都造成整体意图的毁灭。比如说,它的变化无穷正好似命运的难于预测,场上的阵势忽而潮涌忽而潮落,刚还是晴天朗照,转眼却又风声鹤唳,每一个位置都蕴含着极不确定的动向,每一个人都具"波粒二重性",每一个点和每一个点之间的关系都有无限的可能,真正是测不准,因而预测足球的胜负就像预测天气变化一样靠不住,一个强队常常就被一支弱旅打得一败涂地,这在其他比赛中是少见的。又比如它的胜败常具偶然性,你十次射门都打在门柱上,我一次捡漏儿就置你于死地。而射在门柱上的那个球,只要再往里偏一公分①就可能名垂球史,可这一公分其实就由于气流一阵细微的改变。那一次捡漏儿呢,则是因为对方的跑位也只差了一公分,这一公分的缘由说不定可以从看台上一位妙龄少女的午餐中去找。谋事在人成事在天,智者千虑也把捉不住偶然性的乖戾,于是神神鬼鬼令人敬畏。这都与我们的命运太相似了。接着,外星人还可以在这儿受到法制启蒙,他会看出要是没有那位黑衣法官,这球赛就没法儿进行,他尤其会看出在诸条规则中不准越位是最根本的一条,否则大家都去门前等着射门,地球上就可能只剩下溜门撬锁的小偷和蒙面入室的大盗了。外星人还能在这儿看见警察(星星点点散布在各处),认识官员(稀稀拉拉坐在主席台上),了解商业(四周的广告牌),粗通建筑(钢筋

---

① 公分:即厘米,旧称。——编者注

水泥的体育场），探知艺术的起源（看台上情不自禁的歌舞），发现贫富之别（票价不同因而所占位置各异），发现门派之盛，相互间竟至于睚眦必报、拳脚相加、水火难容……总之，几乎人间所有的事物在这儿都有样品，所有的消息在这儿都有传达。

这个与人间同构的球场，最可能成为人间的模型或象征，刺激起人的种种占有欲，倘占有落空，便加倍地勾引起平素积蓄的怨愤，坏脾气就关不住闸门。爱的祈望并不总比恨的发泄有力量。如果地球世界的强权、歧视、怨恨和复仇依然长寿，当然足球世界就最易受到侵染，足球场上就最易出现殴斗和骚乱。

八

也许外星人最后还会看出一件事：在足球和地球上，旗幡林立的主义中，民族主义是最悠久也最坚固的主义，是最容易被煽动起来的热情。

坐在看台上，我发现我的热情也渐渐地全被立场控制，很难再有刚一进来时的那种狂欢的感动，也顾不上去欣赏球艺，喜与忧全随着中国队的利与不利而动。只要中国队一拿球便是满场的喝彩，只要意大利队一攻到禁区便是四起的嘘声。这无可厚非。但是这样的热情进一步高亢，殴斗和骚乱就都有了解释。这样的情绪倘再进一步走出足球场,流窜到地球的各个角落,渗透进人类诸多的理论和政策中去,冷战、热战,还有"圣战"也就都有了根据。

民族主义其实信奉的是"老子天下第一"。"老子"难免势单力薄,明摆着不能样样居强,这才借了"民族"去张扬。但若"老子"的民族也不能样样居强呢?便又很容易生出民族自卑感。自卑而不能以自强去超越,通常的方略就是拉出祖宗的光荣来撑腰,自吹自擂自欺自慰都认作骨气。其实,这样的主义者看重的也一定不是民族,倘自家闹出争端,民族也就无足轻重。不信就请细心注意,一到了没有外族之时他就变成地方主义,一到了没有外地之时他就变成帮派主义,三人行他提倡咱俩,只剩下咱俩事情就清楚了:我第一,你第二。

当然你不能不让谁认为自己正确,和坚持自己认为的正确,(他说不定真就是天下第一呢?)但正确得靠研究的结果说话,深厚的土地上才是插牢一面大旗的地方。比如说"把什么和什么开除出文学正堂",但是,由谁来圈定正堂的方位呢?开除一事又该由谁来裁决?恐怕谁都不合适。"正堂"和"开除"都在研究问题的气氛中自然发生,就像人们自然会沐浴清泉而排除污水,绝非可以毕其功于一面大旗的。

其实我们从幼儿园里就受过良好的教育:诚实,谦虚,摆事实讲道理。我们在学校里继续受着良好的教育:以他人之长补自己之短。怎么长大成人倒变糊涂?是的是的,这世界太复杂,不可不有一点儿策略,否则寸步难行。但这不应该妨碍我们仍然需要看清一个真理:无论是民族还是主义,也无论是宗教还是科学,能够时时去查看自己的缺陷与危险的那一个(那一种)才有希望。

九

但是,谁总能那么冷静呢?况且,大家若一味地都是沉思般地冷静着,足球也不好玩儿,日子也很难过。不让激情奔涌是不行的,如同不让日走星移四季更换。不是足球酿造了激情,是激情创造了足球。激情是生之必要,就像呼吸和睡觉,不仅如此,激情更是生之希望,是善美之途的起步。

但是,什么才能使这激情不掉进仇视和战争呢?(据说,南美有两个国家曾因足球争端引发过一场真刀真枪的战争。)是苦难。不管什么民族和主义,不管怎么伟大和卑微,都不可能逃开的那一类苦难。

我又回忆起七六年地震时的情景,那时的人们既满怀激情又满怀爱意,一切名目下的隔离或敌视都显出小气和猥琐,唯在大地无常的玩笑中去承受生死的疑问,疑问并不见得能有回答,但爱却降临。只可惜那时光很短暂。

看来苦难并不完全是坏东西。爱,不大可能在福乐的竞争中牢固,只可能在苦难的基础上生长。当然应该庆幸那苦难时光的短暂，但是否可以使那苦难中的情怀长久呢？

长久地听见那苦难（它确实没有走远），长久地听见那苦难中的情怀，长久地以此来维护激情也维护爱意，我自己以为这就是宗教精神的本意。宗教精神当然并不等于各类教会的主张，而是指无论多么第一和伟大的人都必有的苦难处境，和这处境中所必要的一种思索、感悟、救路。万千歧途，都是因为失去了神的引领。这里说的神，并非万能的施主，而是人的全部困苦与梦想、局限与无限的路途，以及0比9时的一如既往和由其召唤回来的狂欢。

1995年9月6日

10月10日再次修改

外国及其他

旅客陆续登机的时候,机舱里有一只苍蝇。它悠然但也许是怅然地飞着——这说不准,嗡嗡地这里兜一圈,那里落一下。

旅客到齐了,舱门关闭,飞机缓缓驶向跑道,那苍蝇还在舱中自由乱窜。就是说,这只北京苍蝇,必不可免地也要到外国去逛一趟了,去瑞典。这只万里挑一的北京苍蝇,懵然不知身处何地,更不可能知道,八个半小时之后当舱门再次打开,那已经是在八千六百公里之外了。那儿的夏天,黑夜非常短,晚上10点钟依然阳光灿烂,它会否为此而惊慌呢?如果它飞出去,它将混迹于斯德哥尔摩蝇群,从此不可辨认。但据说,那座美丽的城市干净得没有它的同类,那么它是否也会有点儿什么特别的感想?

这是我第一次出国。说来奇怪,我常能梦见一些我不曾见过的东西,甚至离奇到我想也想不出的景物,却从来梦不见外国。我从电影、电视上已屡屡见过外国了（尤其是美国和欧洲），但在梦中那样的外国从不出现。我几次梦见到了外国，都不过是在意识中有一个概念——这是外国，而四处的景物却还都是中国的。我很想就此听听释梦专家的意见。我相信这里面一定藏着些非常有趣的心理线索，或情结。

出国，确实是令人向往的。十几年前我有过一次出国的机会（后来挺荒诞地错过了），记得当时我对一个朋友说起，他竟站起来拍我的肩，一边说着："祝贺你，祝贺你呀！"我觉得这多少有点儿过分。不过，出去走走，不管到哪儿去看看，到底是件让人兴奋的事情。

有人说，旅游与外遇，其中的魅力或者诱惑是相近的。这话像似有点儿道理。人对新奇的事物，本能地存着欲望。

飞机飞得平稳极了，几乎觉察不出它在动，唯发动机隆隆的喧嚣表明它在风驰电掣，唯理智教你相信它正以一千公里的时速飞向瑞典。肯定是飞向瑞典吗？只好抱定对驾驶员的信赖。

那只北京苍蝇还在机舱里轻歌曼舞，大有"隔江犹唱后庭花"之嫌。

命运其实也就是一架飞机，或者比飞机更高明的什么飞行器吧，上帝的东西。时间之动更是平稳得让你觉察不到，历史的喧嚣司空见惯地在你耳边震响，命运于中穿越，"坐地日行八万里"。你在命运的舱中自由乱窜而已，你不可能了解命运之神要到哪儿去旅游或者去开会。你一出生就撞进了它的舱门，懵然不知身处何地，不知要被带去何方。你应该抱定对谁或者对什么的信赖呢？你嗡嗡然说着话已经半生时光，东一头西一头，思绪在这里兜一圈，到那里落一下，悠然但也许是怅然——这从来就说不准。命运之神若留意我，也会看我是一只万里挑一的北京什么吧。

差不多十小时之后，我坐在了斯德哥尔摩的一家小旅店门前。够神奇！仿佛只是钻进一间怪模怪样的小咖啡厅里去待了一会儿，出来，"洞中方七日，世上已千年"，世界已经大变。

小旅店是一座历史悠久的建筑，浓郁的欧洲风格，处处流露着雕塑技艺的精湛。这样的建筑规定不可随意增删，因而未设轮椅坡道。老友M负责接待我们，他连连抱歉，说是忘了我坐轮椅，否则他会选择其他旅馆。我倒觉得这儿很好，更像电影中所见的外国。同行的人们先要去交涉住宿，答应一会儿来接我和一堆行李。他们，包括我妻子，便轻手轻脚闪进那旅店古旧的小门不见了。

我点上一支烟，振作起精神打算认真看一看外国，具体说是瑞典，更具体地说是斯德哥尔摩皇后街的一角。我早就想看一看外国了，四十多年中仅仅是听说。不错，空气真是干净，天虽阴着，但极目所望一切都很清晰，好像我的视力也变好起来。古老的和现代的楼房连绵铺陈，安详悦目仿佛一片童话。欧洲,一向是神奇而美丽的同义。幽静的门窗中,料必蕴藏着很多悠久的故事,策划着很多现代的故事,但都是与我无关的故事。他们并不觉察我的到来。可我来了,腾云驾雾飞了一阵儿,降落在离他们很近的地方。但这样就能看见他们吗?——我是说就能看见外国了吗?街上行人很少,少得总让人担心是出了什么事。我渐渐有些紧张,看看眼前的一堆行李,再望望小旅店那扇陌生的多少带点儿魔幻气息的小门,不由得自己吓唬自己起来:要是他们(同来的人包括我的妻子)从此不再出来,我是不是就掉进一个美丽却恐怖的志怪故事里去了,平白无故地那么飞行了一阵儿?我紧抽几口烟,转而安抚自己:这儿总还会有其他懂汉语的人的。——那意思大约是说:一旦紧急,总还是会有人听懂我的呼救。

这让我想起两件事。一是小时候跟母亲出去,也许是公园也许是商店,在人流中正蹦跳得猖狂时,猛回身发现母亲不见了,于是欢笑顿收,紧张寻找,没头没脑地四处乱撞,已弄不清是在人间抑或是在地狱之时,忽见母亲抱歉着迎面而来,这才大放悲声。那时心里便记下了一句话:我差点儿把自己走丢了。这不是一句讲不通的话吗?自己如何把自己丢了呢?但这话没人不懂。可见自己并非仅指此一肉身,由于精神的牵挂而有着一个更大的自己。

另一件事是从书上读到的:科学将可以虚拟现实。据说通过电脑呀,光纤呀,数字化呀,全息术呀……不仅可以虚拟三维图像、立体音响,而且可以虚拟触觉反馈,使你如临真境并可参与其中,总之,将有种种高明的技术把你带入灵境。对,不是梦境也不是幻境,他们把那叫作"灵境",即虽知一切都是虚拟,却分辨不出与现实有任何区别。书中说,现有的技术还很粗陋,尚难称心,但随着科学的发展和各方面技术的完备,这诺言终会全面兑现的。天!那可要比梦境美妙多了。梦,不是你想怎样做就能怎样做的,而这灵境,你却可以随心所欲,呼之即来。那时你要去比如说瑞典,你何必再坐那种有可能把你摔死的飞机呢?你噼里啪啦按动一些电钮就行了,眼前就会出现斯德哥尔摩的街道,闻到波罗的海清爽的风,听见教堂的钟声在白昼般的夜晚里飘荡,你还可以走进瓦萨沉船博物馆,去看看那条三百多年前的大木船,或者去逛逛商店,摸一摸你喜欢的商品。是呀是呀,摸一摸是办得到的(虚拟触觉反馈),但可以在灵境中把它买走吗?就算买不走(人家可不要虚拟的克朗)那也没关系,也仍然与现实没多大区别——我是指我的现实,我和我妻子在斯德哥尔摩逛商店时,多半也只是摸一摸那些精美的商品就走开。严重的问题不在于囊中羞涩,而在于:倘虚拟技术可以如此乱真,我们又如何知道我们现在不是在虚拟之中呢?幸亏这技术现在还粗陋,未来的人们可是要小心。

现在可以放心,那次我们在博姆什维克真心投入的文学讨论会绝非虚拟。博姆什维克离斯德哥尔摩六十多公里,森林和湖水环绕,青天碧浪绿地红房,幽然无比。讨论会的题目是"沟通:中国文学面对世界"。是呀,当然是要面对世界,因为世界面对你。至于沟通嘛,倒更像是一种奢侈。我在随后的一份感想中写过:

> 语言的阻障,就像语言的求生一样坚强。同操汉语的一群作家,未必都互相听懂了对方在说什么,几乎每句话都产生不止一个误解。那些误解甚至是解释不清的,因为解释同样得求助于那些魔术般的语言,于是继续繁衍同样多的误解。

不过我现在想,阻障和误解,恰可用以区分虚拟与真实吧。虚拟可以随心所欲,真实的生活可没那么便宜。比如说,虚拟甚至可能给你一份性快感,但你能从中得到爱情吗?心灵之丰富是可以无中生有的,这可怎么虚拟?因而也就无法虚拟同样丰富的心灵之间的阻障,不能虚拟这阻障所催生的对沟通的焦灼与渴望。什么是爱情呢?正是这份对沟通的焦灼与渴望啊。所以早有先哲说过:困苦使你存在。

在那次讨论会上,我注意到了一个最动人的象征。这象征体现于帕尔梅国际中心亚洲部主任(真抱歉,我记不住他的名字了)。他是那次会议的组织者之一,也是那次会上唯一不懂汉语的人。当一群中国作家和瑞典汉学家热烈讨论的时候,他默守一旁,随时提供会议所需的一切用具、食品和饮料,没有什么需要他的时候他就静观我们的讨论,很偶尔地请人给他翻译一两句,然后点头含笑。会议快结束时,大家请他也说几句,他说得非常简单:他很高兴,虽然他听不懂汉语,但他看得出来中国作家们讨论得很认真,甚至很激烈,不像前不久的一群古巴作家,话不投机就都跑出去游逛了,这就是让他快乐的理由。看见一群素昧平生的人渴望相互沟通,便是那位亚洲部主任快乐的理由!我想,这同时也是一个最动人的象征:沟通,并不非有其圆满的结果不可,有其真诚的渴望就该庆祝。沟通从来就是这样吧,难得通处才要沟之,若全通畅,怕又涉嫌虚拟了。

会议之余,M带我们在斯德哥尔摩的街上逛。天气一副举棋不定的样子,时而阳光明媚,时而细雨霏霏。我穿了毛衣还有些冷。M的儿子骑在他爹脖子上,两条小腿冻得发紫却毫不在意。

M是中国人,他妻子A金发碧眼。大家于是端详他们的儿子,问:他更像中国人呢,还是更像瑞典人?这似乎是个很自然的问题,可一旦提出,却发现其实不能成立。瑞典汉学家G女士反问道:瑞典人是什么样子?瑞典只有八百多万人,却有一百三十多个民族,M不是瑞典人吗?是呀,大家幡然醒悟:有瑞典人,但至少在相貌上瑞典人并无统一的标识。那么,有一首流行了很久的歌——黑头发黑眼睛黄皮肤……龙的传人——不见得是在存心开一个国际玩笑吧？中国一向以其民族众多为骄傲，为什么竟习惯以"黑头发黑眼睛黄皮肤"来认同一颗中国心呢？再说，黑头发黑眼睛黄皮肤的又未必都是中国人。

我们在商店里买一点儿小纪念品的时候，常被快乐的货主问道：你们是日本人吧？看来大家容易犯一样的错误。看似一样，当然其间有着微妙的差异。但不管微妙到哪里去，敏感的心恐怕也只需要沟通，用不着愤怒。

在一位原籍上海的瑞典导游先生的带领下，我们去参观了瓦萨沉船博物馆。那里面陈列着一艘三百多年前的战船。这战船下水只几十分钟就沉进了海底，沉没的原因用今天的话说就是：外行领导内行。那船本已造好，但国王非要再加建一层并增加若干门火炮不可，于是头重脚轻翻身葬入海底，只好等待几个世纪后人们来观赏它了。三百多年后它被打捞上来，因那处海域温度低，船体竟无大损。这是件了不起的文物，导游先生说，为了让它长久保存下去，瑞典人一日数遍在船体上喷一种药水，"你们猜喷了多久？"有猜一年的，有猜三年的。导游先生笑笑："十六年！"

这真让我惊讶，并让我想起目前中国到处都流行得通的一个"累"字。"哥们儿你累不累？"——这可以是挖苦，也可以是劝告，还可以是潇洒的标榜。也许我们是给累怕了。

可曾经我们也是不怕累的呀。但那时我们太过宠爱了愚公移山的"移"字,而忽视了首先的那个"愚"字。比如北京的城墙,差不多能算一条小型的山脉,但愚公们一锹一锹竟把它挖平啦!累定思累,原来愚不可及。那么总该愚定思愚了吧?却又轮到嫌累了,于是速成地都聪明起来。地上的城墙已尽,但地下的古墓犹存,愚勇也在,子子孙孙就又挖,挖如果累,干脆炸开岂不快捷?剩下多少算多少,拿去换钱总归都进自己的腰包。刚刚听说,烟台附近的一处汉墓群又遭劫难。

古老的中国,伤心之处到底都牵连在哪儿呢?

记得马尔克斯就其《百年孤独》答记者问时说过:百年孤独的原因,就是因为人们不懂得爱情,或者是丧失了爱情。——记不清他的原话了,大意是这样。

真的,我有时想这不是偶然的:当一个家以爱情做引领的时候,其成员必齐心建设。而一个没有了爱情的家,其家政再怎么强化,也难免"忽喇喇似大厦倾"。腐败的根源,在于从来就是物本位,精神的求索或私下变成物的期货,或公开划作不可越步的雷池。失神者,能不落魄?

因而,这也就不是偶然的:倘若言爱,就会有人问你"是不是太累"?要是仅仅发生性的操作呢?倒有种种春药似的目光或警句给你以鼓舞。

既到了斯德哥尔摩,又是来开一个文学讨论会,去瞻仰一回瑞典文学院是理所当然的。

大轿车送我们到一座并不雄伟的建筑前面,可能是因为又累又匆忙,我对那座建筑的印象并不深刻。只记得大家把我抬上很多级台阶,我心中填满了歉意,想到很多文学巨匠都曾庄严地迈步于这些台阶,歉意就更增长。

然后来到一间古朴的大厅,大家随意坐下,听马悦然教授讲一些有关诺贝尔奖的事情。马教授潇洒谦和,站在那个著名的演讲台旁,一口地道的汉语。那台子不高,一步就可以迈上去,几步就可以走到福克纳和马尔克斯当年做过获奖演说的位置。但大家从始至终恭敬地坐在台下,没有谁走到那个位置上去开一回玩笑。这很好。它并不高得吓人,但它需要仰望,这确实很好。也许没有哪一个奖可以做到完全正确(托尔斯泰和博尔赫斯未能中选,就是诺贝尔奖永远的遗憾),但人们心里总要存一处不许冒犯的圣堂。

我无端地想起曾经读过的一本书上的话:你不可以做和尚,但你不可以不想做和尚。我一直记得这句话,觉其必有深妙之处,但一直懵懂未通。它是不是说,圣堂更应该保持住一个梦想的位置呢?不是说梦想的到达,而是说梦想的永在。无论可否到达,都不可没有那样一份永久的供奉。倘这供奉容易被百万美元以及豪华的名声所骚扰,其梦想的位置就更要强调。

但是瑞典,它真是离中国太远了。瑞典是不是真能够读懂中国，我很怀疑。当然瑞典可以有瑞典的读法。比如我看瑞典，实际也只看见了一个童话。

　　回国之后，朋友们都很自然地问我：瑞典好吗？但那不是能用好与不好来回答的，那是一个童话。它美如童话，它又远如童话。它离我，不是空间的距离，也不是时间的距离，而是现实与童话的距离。并不是说我见的那个瑞典是假的，而是说瑞典对于我，只相当于媒人牵线的一次匆匆相会。从这样的角度看，它真是美丽极了，童话一样令人赞叹。但我从来不大能理解一见钟情。中国呢，却是我全部的现实，诸多的梦想也都是由于它。虽然从观赏的角度以及舒适的角度看，它都比不上瑞典，它有很多令人伤心的地方。但如果可以生活在童话里，我们可以描绘比瑞典更美丽的童话。可生活是全面的现实，便连那些伤心的地方也是你命定的诱惑。

　　我坐在斯德哥尔摩的街道旁，坐在博姆什维克的森林里和湖水旁，坐在波罗的海的岸边，静静地看它，直到白夜。但我发现我只能看到它却听不到它。虽然一阵阵天使飞翔般的教堂钟声令人心静神宁，但我还是听不到它。到底想要听见什么呢？诉说。你听不见它有什么要对你诉说，它的深处对你是断然关闭的，尽管这并不是它的错。

　　我想起我的一位画家朋友Y，他尤以画人体著名。他走过世界很多地方。有一回他对我说，他多次试着画过外国模特儿，但总是画不好。不能说那些外国模特儿不美，也许更美，但Y说，他找不见他们，面对面地也找不见他们。Y的意思，我当时没弄大懂，Y又是个不善言辞的人。现在我有点儿懂了，画也是要听的，画他们，就是为了能够听到他们，诉说和倾听诉说。

我到过外国了，但我还是梦不见外国，不管是美丽的还是不那么美丽的，我都不再梦见。循此心理线索分析下去，一定会很有趣的。不过我并不拒绝什么时候再去看看外国，随便哪儿，东南西北如果我的身体允许，我愿意与它们多见几面，我对地球乃至宇宙有全面的兴趣。但是说到居住，我还是愿意居住在我正于其中居住的地方。——这有点儿像狡猾的狐狸吗？听人说起过一份"最适于居住之地"的排行榜，排在第一位的，有说是加拿大的，有说是澳大利亚的。我想那些地方肯定是不错，不过我情愿把它们列为"最适于旅游之地"，尽管这也只是一厢情愿。

我常常感到，上帝真是把这个世界创造得丰富多彩，什么样的地方都有人居住，什么样的命运都有人承担，什么样的行为都有人来体现，虽然这样就不会是完美无缺。但完美无缺了倒又是一种缺憾，反使心魂无路可寻。上帝必是看到了这一点，这是上帝的难处，也是上帝的高明。

1997年5月12日
2000年2月27日修改

写作——一种生活方式[①]

我注意到这样的现象：说到数学，业外人士多取退避三舍、敬而远之的态度。说到文学呢，则不管是何职业，人人都敢于有一套相当自信的见解。而说到哲学，心情就多样，甚至于两面派——言其名，也都是恭敬有加；论其实，则明里暗里不免都存一份疑虑，甚或不屑："哲学家们说的可都是人话吗？"

这现象应该不难理解。数学是既艰深又严谨的学问，未入其门者，当以仰望为明智。文学呢，压根儿就有民间性质，"生命之树常青"，谁没有生活和对生活的感受？谁的生活和对生活的感受，又算得标杆或样板？而哲学，要以灰色的理论，去追赶生命之树的常青，则注定有费力不讨好之虞；做这一门学问的人，先要明确自己是在向谁挑战才好。

幸好有位大哲学家说了："哲学不意味着一套命题、一种

[①] 大连长兴岛归来，遵刘孝存、杜卫东之嘱，为"忆石微型小说奖"而写。

教义，甚或一个体系，而是一种生活方式，一种为特殊的激情所激发的生活。"

　　谢谢他的指点。换作文学，我想这逻辑也一样合适。哲学不意味着命题、教义和体系，文学也主要不在题材、主义和流派。文学，或不拘体裁的任何写作，说到底也是一种生活方式。生活方式，当然不是指消费规模，以及舒适与优越的程度，也不是指谋生渠道——虽然它有时也可以是谋生渠道，而是指：激发你生活的那种"特殊的激情"。什么呢？老生常谈——还是要问生命的价值，要问生活的意义，要为人生寻找善美的方向。因而，还是要像伍尔夫所说的那样："让我们守住自己这热气腾腾、变幻莫测的心灵漩涡，这令人着迷的混沌状态，这乱作一团的感情纷扰，这永无休止的奇迹——因为灵魂每时每刻都在产生着奇迹。"

　　因而，文学的民间性是天生来的，是一种天赋，譬如天赋人权。譬如黑夜来临，万籁俱寂，那游走于星光与灯火之间的千万种自由的梦愿，可要什么标杆和样板来为难它吗？写作也是天赋人权之一种。我们以写作来追逐自由的梦想，来探问生命的疑难，谁管得了？一切评奖，也不过是追逐梦想和探问疑难的一项辅助。一俟开奖，就不单评出了作品的高低，也评出了评判者的优劣；设若行私舞弊，只能是自取其辱。

　　说到"奖"，倒是有着"派"的一席之地。任何评奖，都不过是某一派观点的集中表达，故只可求其程序的公正，不可能在终点上人人叫好。所以,写作者万不可太看重它;跟着奖走的梦,多半是噩梦。但评判者却不可掉以轻心,程序也是人为,程序之后会露出良心。

曾有人跟我说:"写作是我的生命。"这令人感动。可他接着又说:"可我怕是来不及了。"这话乍听没啥毛病,细想,就不免要问:既是生命,咋会来不及呢?一种生活方式,会来不及吗?大概是学来的一句话。

文学,这种生活方式,或特殊的激情,向人要求两种基本品质——诚实和善思。天赋、技巧、学问等等当然也都必要,但最要紧的是这两项。

诚实,并不意味着你不能有隐私,诚实的要点是不糊弄自己——既不因为某一问题于自己不利,就一闭眼说它没有;也不因为某一问题已有公论,就一闭眼,驱散自己的怀疑。很可能,这一闭眼,就放过了一条非凡的思路,就错过了一次心魂升华的机会。在别人宣告结束的地方开始,永不失为一条深怀爱意的忠告。

善思,或许是一种才能,但它必以诚实为倚仗。一个问题,是否已然问尽,是要靠这两种品质的合作来甄别的。但诚实,或可以做到极致;而思,却几乎是望不见底的。因而,善思很可能是写作者的主要功课。我不相信无思的写作。我信任着对可能性的想象力,对现实性的荒诞感,我相信向着心魂深处的加倍察看,与审问。可是,为什么一说到思想就有人反感呢?我不太明白。如果是因为思想曾意味着一个统一的牢笼,那么冲破这牢笼的难道不是思想,而仅仅是情绪?

最近,我又受到了一次"思"的恩惠。从爱说起吧。爱,这个伟大的字眼儿,相信没人会反感。可到底什么是爱呢?怎样的心情、态度或精神,才称得起"爱"呢?我曾屡屡写到爱,说到爱,却总隐隐地有一丝不安,觉得种种对她的解释总还是不够恰切,不够充盈,或是不能接近她的诚实与博大,总好像有一部分——很大或很关键的一部分——空虚着,不大禁得住追问。比如母爱、父爱,难道不包含着一点儿自私?比如情爱,难道没有一点儿狭隘?再比如博爱——对所有的人都持善好的心意,可这一个"善好"如何定义?谁握有对它的最终解释权?好心而做了坏事的,暂且不说,进一步问:一个人有多大本事?看着他人的受苦,你都能管得了吗?既如此,我们写着爱、说着爱,算不算是一种虚伪?或者,只要倡导着爱,我们即可心安理得?那一块空虚便不断地向着虚伪扩大。这时候我听到一种回答,一种必经千思百虑而不可能有的回答——尼采说:要爱命运。

我顿觉那块空虚被填充,被盈满!

爱命运,即是说不管命运的好坏,都要以爱的心情来对待。爱不等于喜欢。一个人,一个族群,一种造物,一种环境,一份命运,你都可以不喜欢,但不能抱以恨怨。

爱命运,即是爱上帝,爱这个世界。上帝——你叫它"大爆炸"也行——创造的这个世界,有着无限的可能性,种种命运并不都令人满意；要是一种坏命运轮上了你，难道你就要抱怨上帝，就要厌恨这个世界？

爱命运，同时也是爱人类，爱他人。如果一种坏命运没轮到你，而是轮在了别人头上，难道你就可以轻松些，甚至快慰些？

爱命运，将使我们不再陷入虚伪。我们坦诚地看待命运的艰难，乃至无常；承认人力的有限，以至永恒的有限；确认这世上有我们所不喜欢的事物，甚至是敌对事物；但这之后不意味着逃离，比如说去另维时空——一种假想的"天堂"，而是坚定下爱的心愿——于此时、此地、此一颗星球上。这才见出爱的充盈与坚实。这便是尼采说的酒神态度吧，或悲剧精神。

这个世界，是与对这个世界的观察——对其奥秘的好奇、对其意义的询问、对观察者自身价值的看重——一同被创造的。因此我们生来就是它的一部分。我们生来就被命运所限定。可我们生来又被一种召唤所激励：要在这有限的命运中，走出一条无限善美的路。于是这星球上诞生了一种行为——写作。于是以诚实、善思为本分，它渐渐成长为一种生活方式。终于我们懂得了爱命运；爱命运既是写作的源头，也是写作的投奔。

2007年8月9日

我 的 轮 椅[1]

坐轮椅竟已坐到了第三十三个年头,用过的轮椅也近两位数了,这实在是件没想到的事。1980年秋天,"肾衰"初发,我问过柏大夫:"敝人刑期尚余几何?"她说:"阁下争取再活十年。"都是玩笑的口吻,但都明白这不是玩笑——问答就此打住,急忙转移了话题,便是证明。十年,如今已然大大超额了。

那时还不能预见到透析的未来。那时的北京城仅限三环路以内。

那时大导演田壮壮正忙于毕业作品,一干年轻人马加一个秃顶的林洪桐老师,选中了拙作《我们的角落》,要把它拍成电视剧。某日躺在病房,只见他们推来一辆崭新的手摇车,要换我那辆旧的,说是把这辆旧的开进电视剧那才真实。

---

[1] 本文曾以《扶轮问路》为篇名发表。——编者注

手摇车,轮椅之一种,结构近似三轮摩托,唯动力是靠手摇。一样的东西,换成新的,明显值得再活十年。只可惜,出院时新的又换回成旧的,那时的拍摄经费比不得现在。

不过呢,还是旧的好,那是我的二十位同学和朋友的合资馈赠。其实是二十位母亲的心血——儿女们都还在插队,哪儿来的钱?那轮椅我用了很多年,摇着它去街道工厂干活儿,去地坛里读书,去"知青办"申请正式工作,在大街小巷里风驰或鼠窜,到城郊的旷野上看日落星出……摇进过深夜,也摇进过黎明,以及摇进过爱情但很快又摇出来。

1979年春节,摇着它,柳青骑车助我一臂之力,乘一路北风,我们去《春雨》编辑部参加了一回作家们的聚会。在那儿,我的写作头一回得到认可。那是座古旧的小楼,又窄又陡的木楼梯踩上去"咚咚"作响,一代青年作家们喊着号子把我连人带车抬上了二楼。"斯是陋室"——脱了漆的木地板,受过潮的木墙围,几盏老式吊灯尚存几分贵族味道……大家或坐或站,一起吃饺子,读作品,高谈阔论或大放厥词,真正是一个激情燃烧的年代。

所以,这轮椅殊不可以"断有情",最终我把它送给了一位更不容易的残哥们儿。其时我已收获几笔稿酬,买了一辆更利远行的电动三轮车。

这电动三轮利于远行不假,也利于把人撂在半道儿。有

我的轮椅

两回,都是去赴苏炜家的聚会,走到半道儿,一回是链子断了,一回是轮胎扎了。那年代又没有手机,愣愣地坐着想了半晌,只好侧弯下身子去转动车轮,左轮转累了换只手再转右轮。回程时有了救兵,一次是陈建功,一次是郑万隆,骑车推着我走,到家已然半夜。

链子和轮胎的毛病自然好办,机电部分有了问题麻烦就大。幸有三位行家做我的专职维护,先是瑞虎,后是老鄂和徐杰,瑞虎出国走了,后二位接替上。直到现在,我座下这辆电动轮椅——此物之妙随后我会说到——出了毛病,也还是他们三位的事;瑞虎在国外找零件,老鄂和徐杰在国内施工,通过卫星或经由一条海底电缆,配合得无懈可击。

两腿初废时,我曾暗下决心:这辈子就在屋里看书,哪儿也不去了。可等到有一天,家人劝说着把我抬进院子,一见那青天朗照、杨柳和风,决心即刻动摇。又有同学和朋友们常来看我,带来那一个大世界里的种种消息,心就越发地活了,设想着,在那久别的世界里摇着轮椅走一走大约也算不得什么丑事。于是有了平生的第一辆轮椅。那是邻居朱二哥的设计,父亲捧了图纸,满城里跑着找人制作,跑了好些天,才有一家"黑白铁加工部"肯于接受。用材是两个自行车轮、两个万向轮并数根废弃的铁窗框。母亲为它缝制了坐垫和靠背。后又求人在其两侧装上支架,撑起一面木板,书桌、饭桌乃至吧台就都齐备。倒不单是图省钱,现在怕是没人会相信了,那年代连个像样的轮椅都没处买;偶见"医疗用品商店"里有一款,其昂贵与笨重都可谓无比。

我在一篇题为《看电影》的散文中,也说到过这辆轮椅:

> 一夜大雪未停,事先已探知手摇车不准入场(电影院),母亲便推着那辆自制的轮椅送我去……雪花纷纷地还在飞舞,在昏黄的路灯下仿佛一群飞蛾。路上的雪冻成了一道道冰棱子,母亲推得沉重,但母亲心里快乐……母亲知道我正打算写点什么,又知道我跟长影的一位导演有着通信,所以她觉得推我去看这电影是非常必要的,是件大事。怎样的大事呢?我们一起在那条快乐的雪路上跋涉时,谁也没有把握,唯朦胧地都怀着希望。

那一辆自制的轮椅,寄托了二老多少心愿!但是下一辆真正的轮椅来了,母亲却没能看到。

下一辆是丑小鸭杂志社送的,一辆正规并且做工精美的轮椅,全身的不锈钢,可折叠,可拆卸,两侧扶手下各有一金色的"福"字。

除了这辆轮椅,还有一件也是我多么希望母亲看见的事,她却没能看见:1983年,我的小说得了全国奖。

得了奖,像是有了点资本,这年夏天我被邀请参加了《丑小鸭》的"青岛笔会"。双腿瘫痪后,我才记起了立哲曾教我的"不要脸精神",大意是:想干事你就别太要面子,就算不懂装懂,哥们儿你也得往行家堆儿里凑。立哲说这话时,我们都还在陕北,十八九岁。"文革"闹得我们都只上到初中,正是靠了此一"不要脸精神",赤脚医生孙立哲的医道才得突飞猛进,在陕北的窑洞里做了不知多少手术,被全国顶尖的外科专家叹为奇迹。于是乎我便也给自己立个法:不管多么厚脸皮,也要多往作家堆儿里凑。幸而除了两腿不仁不义,其余的器官都还按部就班,便一闭眼,拖累着大伙儿去了趟青岛。

参照以往的经验,我执意要连人带那辆手摇车一起上行李车厢,理由是下了火车不也得靠它?其时全中国的出租车也未必能超过百辆,树生兄便一路陪伴。谁料此一回完全不似以往(上一次是去北戴河,下了火车由甘铁生骑车推我到宾馆),行李车厢内货品拥塞,密不透风,树生心脏本已脆弱,只好于一路挥汗谈笑之间频频吞服"速效救心"。

回程时我也怕了,托运了轮椅,随众人去坐硬座。进站口在车头,我们的车厢在车尾;身高马大的树纲兄背了我走,先还听他不紧不慢地安慰我,后便只闻其风箱也似的粗喘。待找到座位,偌大一个刘树纲竟似只剩下了一张煞白的脸。

《丑小鸭》不知现在还有没有?那辆"福"字牌轮椅,理应归功其首任社长胡石英。见我那手摇车抬上抬下着实不便,他自言自语道:"有没有更轻便一点儿的?也许我们能送他一辆。"瞌睡中的刘树生急忙弄醒自己,接过话头儿:"行啊,这事儿交给我啦,你只管报销就是。"胡石英欲言又止——那得多少钱呀?他心里也没底。那时铁良还在医疗设备厂工作,说正有一批中外合资的轮椅在试生产,好是好,就是贵。树生又是那句话:"行啊,这事儿交给我啦,你去买来就是。"买来了,四百九十五块,八三年呀!据说胡社长盯着发票不断地咋舌。

这辆"福"字牌轮椅,开启了我走南闯北的历史。其实是众人推着、背着、抬着我,去看中国。先是北京作协的一群哥们儿送我回了趟陕北,见了久别的"清平湾"。后又有洪峰接我去长春领了个奖;父亲年轻时在东北林区待了好些年,所以沿途的大地名听着都耳熟。马原总想把我弄到西藏去看看,我说:下了飞机就有火葬场吗?吓得他只好请我去了趟沈阳。王安忆和姚育明推着我逛淮海路,是在1988年,那时她们还不知道,所谓"给我妹妹挑件羊毛衫"其实是借口,那时我又一次摇进了爱情,并且至今没再摇出来。少功、建功还有何立伟等等一大群人,更是把我抬上了南海舰队的鱼雷快艇。仅于近海小试风浪,已然触到了大海的威猛——那波涛看似柔软,一旦颠簸其间,竟是石头般的坚硬。又跟着郑义兄走了一回五台山,在"佛母洞"前汽车失控,就要撞下山崖时被一块巨石挡住。大家都说"这车上必有福将",我心说是我呀,没见轮椅上那个"福"字?1996年迈平请我去斯德哥尔摩开会,算是头一回见了外国。飞机缓缓降落时,我心里油然地冒出句挺有学问的话：这世界上果真是有外国呀！转年立哲又带我走了差不多半个美国，那时双肾已然怠工，我一路挣扎着看：大沙漠、大峡谷、大瀑布、大赌城……立哲是学医的，笑嘻嘻地闻一闻我的尿说："不要紧，味儿挺大，还能排毒。"其实他心里全明白。他所以急着请我去，就是怕我一旦透析就去不成了。他的哲学一向是：命，干吗用的？单是为了活着？

说起那辆"福"字轮椅就要想起的那些人呢，如今都老了，有的已经过世。大伙儿推着、抬着、背着我走南闯北的日子，都是回忆了。这辆轮椅，仍然是不可"断有情"的印证。我说过，我的生命密码根本是两条：残疾与爱情。

如今我也是年近花甲了，手摇车是早就摇不动了，透析之后连一般的轮椅也用着吃力。上帝见我需要，就又把一种电动轮椅泊来眼前，临时寄存在王府井的医疗用品商店。妻子逛街时看见了，标价三万五。她找到代理商，砍价，不知跑了多少趟。两万九？两万七？两万六，不能再低啦小姐。好吧好吧，希米小姐偷着笑：你就是一分不降我也是要买的！这东西有趣，狗见了转着圈儿地冲它喊，孩子见了总要问身边的大人：它怎么自己会走呢？据说狗的智力相当于四五岁的孩子，它们都还不能把这椅子看成是一辆车。这东西才真正是给了我自由：居家可以乱窜，出门可以独自疯跑，跳舞也行，打球也行，给条坡道就能上山。舞我是从来不会跳。

球呢,现在也打不好了,再说也没对手——会的嫌我烦,不会的我烦他。不过呢,时隔三十几年我居然上了山——昆明湖畔的万寿山。

谁能想到我又上了山呢!
谁能相信,是我自己爬上了山的呢!

坐在山上,看山下的路,看那浩瀚并喧嚣着的城市,想起梵高给提奥的信中有这样的话:"我是地球上的陌生人,(这儿)隐藏了对我的很多要求","实际上我们穿越大地,我们只是经历生活","我们从遥远的地方来,到遥远的地方去……我们是地球上的朝拜者和陌生人"。

坐在山上,看远处天边的风起云涌,心里有了一句诗:嗨,希米,希米／我怕我是走错了地方呢／谁想却碰见了你!——若把梵高的那些话加在后面,差不多就是一首完整的诗了。

坐在山上,眺望地坛的方向,想那园子里"有过我的车辙的地方也都有过母亲的脚印";想那些个"又是雾罩的清晨,又是骄阳高悬的白昼……"想那些个"在老柏树旁停下,在草地上在颓墙边停下,又是处处虫鸣的午后,又是鸟儿归巢的傍晚……"想我曾经的那些个想:"我用纸笔在报刊上碰撞开的一条路,并不就是母亲盼望我找到的那条路……母亲盼望我找到的那条路到底是什么?"

有个回答突然跳来眼前:扶轮问路。是呀,这五十七年

我的轮椅

我都干了些什么？——扶轮问路，扶轮问路啊！但这不仅仅是说，有个叫史铁生的家伙，扶着轮椅，在这颗星球上询问过究竟；也不只是说，史铁生——这一处陌生的地方，如今我已经弄懂了他多少；而是说，譬如"法轮常转"，那"轮"与"转"明明是指示着一条无限的路途——无限的悲怆与"有情"，无限的蛮荒与惊醒……以及靠着无限的思问与祈告，去应和那存在之轮的无限之转！尼采说"要爱命运"。爱命运才是至爱的境界。"爱命运"即是爱上帝——上帝创造了无限种命运，要是你碰上的这一种不可心，你就恨他吗？"爱命运"也是爱众生——设若那一种不可心的命运轮在了别人，你就会松一口气怎的？而梵高所说的"经历生活"，分明是在暗示：此一处陌生的地方，不过是心魂之旅中的一处景观、一次际遇，未来的路途一样还是无限之问。

2007年11月20日

放下与执着

几位老友,不常见面,见了面总劝我"放下"。放下什么呢?没说,断续劝我:"把一切都放下,人就不会生病。"我发现我有点儿狡猾了,明知那是句佛家经常的教诲(比如"放下屠刀,立地成佛";"屠刀"也不专指索命的器具,是说一切执迷),却佯装不知。佯装不知,是因为我心里着实有些不快;可见嗔心确凿,是要放下的。何致不快呢?从那劝导中我听出了一个逆推理:你所以多病,就因为你没放下。逆推理中又含了一条暗示:我为什么身体好呢?全都放下了。

既知嗔心确在,就别较劲。坐下,喝茶,说点别的。可谁料,一晚上,主张放下的几位却始终没放下几十年前的"文革"旧怨,那时谁把谁怎样了吧,谁和谁是一派的吧,谁表面如何其实不然呀,等等。就不说这"谁"字具体是指谁了吧,总归不是"他"或"他们",就是"我"和"我们"。

所以,放下什么才是真问题。比如说:放下烦恼,也放下责任吗？放下怨恨，也放下爱愿吗？放下差别心，难道连美丑、善恶都不要分？放下一切，既不可能，也不应该。总不会指着什么都潇洒地说一声"放下"，就算有了佛性吧？当然，万事都不往心里去可以是你的选择，你的自由，但人间的事绝不可以是这样，也从来没有这样过。举几个例子吧：是执着于教育的人教会了你读书，包括读经。是执着于种田的人保障着众人的温饱，你才有余力说"放下"。唯因有了执着于交通事业的人，老友们才得聚来一处喝茶。若无各门各类的执着者，咱这会儿还在钻木取火呢，还是连钻木取火也已经放下？

错的不是执着，是执迷，有些谈佛论道的书中将这两个词混用，窃以为十分不妥。"执迷"的意思，差不多是指异化、僵化、故步自封、知错不改。何致如此呢？无非"名利"二字。但谋生，从而谋利，只要合法，就不是迷途。名却厉害；温饱甚至富足之后，价值感，常把人弄得颠三倒四。谋利谋到不知所归，其实也是在谋名了——优越感，或价值感。价值感错了吗？人要活得有价值，不对吗？问题是，在这个一切都可以卖的时代，价值的解释权通常是属于价格的，价值感自也是亦步亦趋。

价值和价格的差距本属正当。但这差距却无从固定，可以很大，也可以很小，当然这并非坏事，这正是经济学所赞美的那只市场的无形之手。可这只手，一旦显形为铺天盖地的广告，一旦与认钱不认货的媒体相得益彰，事情就不一样了。怎么不一样？只要广告深入人心，东西好坏倒不要紧了——好也未必就卖得好，不好也未必就卖不好。媒体和广告沆瀣一气,大约是经济学未及引入的一个——几乎没有底线的——参数。是呀,倘那无形或有形的手也成了商品,又靠谁来调节它呢?价格既已不认价值这门亲,价值感孤苦无靠去拜倒在价格门下,也就不是什么难解的题。而这逻辑,一旦以"更高、更快、更强"的气势,超越经济,走进社会各个领域,耳边常闻的关键词就只有利润、码洋、票房和收视率了。另有四个词在悄声附和:房子、车子、股市、化疗。此即执迷。

而"执着"与"执迷"不分,本身就是迷途。这世界上有爱财的,有恋权的,有图名的,有什么都不为单是争强好胜的。人们常管这叫欲壑难填,叫执迷不悟,都是贬义。但爱财的也有比尔·盖茨,他既能聚财也能理财,更懂得财为何用,不好吗?恋权的嘛,也有毛遂自荐的敢于担当,也有种种"举贤不避亲"的言与行,不对吗?图名的呢?雷锋,雷锋及一切好人!他们不图名?愿意谁说他们没干好事,不是好人?不过是不图虚名、假名。争强好胜也未必就不对,阿姆斯特朗怎么样,那个身患癌症还六次夺得环法自行车赛冠军的人?对这些人,大家怎么说?会说他执迷?会请他放下吗?当然不,相反人们会赞美他们的执着——坚持不懈、百折不挠、矢志不渝,都是褒奖。

主张"一切都放下",或"执着"与"执迷"分不清,是否正应了佛家的另一个关键词——"无明"呢?

"无明"就是糊涂。但糊涂分两种。一种叫顽固不化,朽木难雕，不可教也，"无明"应该是指这一种。另一种，比如少小无知，或"山重水复疑无路"，这不能算"无明"，这是"柳暗花明又一村"的前奏，是成长壮大的起点。而郑板桥的"难得糊涂"已然是大智慧了。

后一种糊涂，是错误吗？执着地想弄明白某些尚且糊涂着的事物，不应该吗？比如一件尚未理清的案件，一处尚未探明的矿藏，一项尚未完善的技术、对策或理论。这正是坚持不懈者施才展志的时候呀，怎倒要知难而退者来劝导他呢？严格说，我们的每一步其实都在不完善中，都在不甚明了中，甚至是巨大的迷茫之中，因而每时每刻都可能走对了，也都可能走错了。问题是人没有预知一切的能力，那么，是应该就此放下呢，还是要坚持下去？设想，对此，佛祖会取何态度？干脆"把一切都放下"吗？那就要问了：他压根儿干吗要站出来讲经传道？他看得那么深、那么透，干吗不统统放下？他曾经糊涂，曾经烦恼，但他放得下王子之位却放不下生命的意义，所以才有那锲而不舍的苦行，才有那菩提树下的冥思苦想。难道他就是为了让后人把一切都放下，没病没灾然后啥都无所谓？该想的佛都想了各位就甭想了，该受的佛都受了各位就甭再受了，该干的佛也都干了各位啥心也甭操了——有这事儿？恐怕，盼望这事儿的，倒是执迷不悟。

可是，哪能谁都有佛祖一样的智慧呢？我等凡人，弄不好一错再错，苦累终生，倒不如尘缘尽弃，早得自在吧。可是，怕错，就不是执着？怕苦，就不是执着？一身享用着别人执着的成果,却一心只图自在,不是执着?不是执着,是执迷!佛祖要是这般明哲保身,犯得上去那菩提树下饱经折磨吗?偷懒的人说一句"放下"多么轻松,又似多么明达,甚至还有一份额外的"光荣"——价值感,却不去想那菩提树下的所思所想,却不去辨别什么要放下、什么是不可以放下的,结果是弄一个价值虚无来骗自己,蒙大家。

老实说,我——此一姓史名铁生的有限之在,确是个贪心充沛的家伙,天底下的美名、美物、美事没有他没想(要)过的,虽然我并不认为这是他多病的原因。不过,此一史铁生确曾因病得福。二十一岁那年,命运让这家伙不得不把那些充沛的东西——绝不敢说都放下了,只敢说——暂时都放一放。特别要强调的是,这"暂时都放一放",绝非觉悟使然,实在是不得已而为之。先哲有言:"愿意的,命运领着你走;不愿意的,命运拖着你走。"我就是那"不愿意"而被"拖着走"的。被拖着走了二十几年,一日忽有所悟:那二十一岁的遭遇以及其后的三十几年的被拖,未必不是神恩——此一铁生并未经受多少选择之苦,便被放在了"不得不放一放"的地位,真是何等幸运的事情!虽则此一铁生生性愚顽,放一放又拿起来,拿起来又不得不再放一放,至今也不能了断尘根,也还是得了一些恩宠的。我把这感想说给某位朋友,那朋友忒善良,只说我是谦虚。我谦虚?更有位智慧的朋友说我:他谦虚?他骨子里了不得!这"了不得",估计也是

"贪心充沛"的意思。前一位是爱我者,后一位是知我者。不过,从那时起,我有点儿被"领着走"的意思了。

如今已是年近花甲。也读了些书,也想了些事,由衷感到,尼采那一句"爱命运"真是对人生态度之最英明的指引。当然不是说仅仅爱好的命运,而是说对一切命运都要持爱的态度。爱,再一次表明与"喜欢"不同,谁能喜欢坏运气呢?但是你要爱它。就好比抓了一手坏牌,你骂它?恨它?耍着赖要重新发牌?当然你不喜欢它,但你要镇静,对它说"是",而后看你如何能把这一手坏牌打得精彩。

大凡能人,都嫌弃宿命,反对宿命。可有谁是能力无限的人吗?那你就得承认局限。承认局限,大家都不反对,但那就是承认宿命啊。承认它,并不等于放弃你的自由意志。浪漫点儿说就是:对舞蹈说是,然后自由地跳。这逻辑可以引申到一切领域。

所以,既得有所"放下",又得有所"执着"——放下占有的欲望,执着于行走的努力。放不下前者的,必致贪、嗔、痴。连后者也放下的,难免还是贪、嗔、痴。看一切都是无意义的人,怎么可能会爱命运?不爱命运,必是心中多怨。怨,涉及人即是嗔——他人不合我意;涉及物即是痴——世界不可我心,仔细想来都是一条贪根使然。

2007年11月27日

原生态

大家争论问题，有一位，坏毛病，总要从对手群中挑出个厚道的来斥问："读过几本书呀，你就说话！"这世上有些话，似乎谁先抢到嘴里谁就占了优势，比如"您这是诡辩！""您这人虚伪！""你们这些知识分子呀！"——不说理，先定性，置人于越反驳越要得其印证的地位，此谓"强人"。问题是，读过几本书才能说话呢？有标准没有？一百本还是一万本？厚道的人不善反诘，强人于是屡战屡"胜"。其实呢，谁心里都明白，这叫虚张声势，还叫自以为得计。孔子和老子读过几本书呢？苏格拉底和亚里士多德读过几本书呢？那年月统共也没有多少书吧。人类的发言，尤其发问，是在有书之前。先哲们先于书看见了生命的疑难，思之不解或知有不足，这才写书、读书，为的是交流而非战胜，这就叫"原生态"。原生态的持疑与解疑，原生态的写书与读书，原生态的讨论或争论，以及原生态的歌与舞。先哲们断不会因为谁能列出一份书单就信服谁。

原生态

随着原生态的歌舞被推上大雅之堂,原生态又要变味儿似的。一说原生态,想到的就是穷乡僻壤,尤其少数民族。好像只有那儿来的东西才是原生态,只要是那儿来的东西就是原生态。原生态似要由土特产公司专购专销。自认为"主流话语"的文化人,便也都寻宝般地挤上了西去的列车。这算不算政治不正确?人家的"边缘"凭啥要由你这"主流"来鉴定?"原生态"凭啥要由"现代"和"后现代"来表彰?再问:你是怎样发现了原生态的呢?根据你的"没有",还是根据你的"曾有"和"想有"?若非曾有,便不可能认出那是什么;认不出那是什么,就不会想有;若断定咱自己不可能有,千里迢迢把它们弄来都市,莫非只看那是文明遗漏的稀罕物儿?打小没吃过的东西你不会想吃它,都市人若命定与原生态无关,大家也就不会为之感动。原生态,其实什么地方都曾有,什么时候也都能有,倒是让种种"文化"给弄乱了——此也文化,彼也文化,书读得太多倒说昏话;东也来风,西也来风,风追得太紧即近发疯。有次开会,一位青年作家担忧地问我:"您这身体,还怎么去农村呢?"我说是呀,去不成了。他沉默了又沉默,终于还是忍不住说:"那您以后还怎么写作?"

原生态,啥意思?原——最初的;生——生命,或对于生命的;态——态度,心态乃至神态。不能是状态。"最初的状态"容易让人想起野生物种,想起DNA、RNA,甚至于"平等的物质"。想到"平等的物质",倒像是一种原生态思考——要问问人压根儿是打哪儿来的，历尽艰辛又终于能到哪儿去。当然了，想没想错要另说。可要是一上来想的就是：不想当元帅的士兵就不是好士兵，没得过奖的作家就不是好作家，因而要掌握种种奖项——尤其那个顶尖的"诺奖"——的配方。比如说一要有民族特色，二要是边缘话语，三还得原生态……可这还能是原生态吗？原生态，跟"零度写作"是一码事。零度，既指向生命之初——人一落生就要有的那种处境，也指向生命终点——一直到死，人都无法脱离的那个地位。比如你以个体落生于群体时的恐慌，你以有限面对无限时的孤弱，你满怀梦想而步入现实时的谨慎甚至是沮丧……还有对死亡的猜想以及你终会发现，一切死亡猜想都不过是生者的一段鲜活时光。此类事项若不及问津，只怕是"上天入地求之遍"也难得原生态。这世上谜题千万，有一道值60分，其余的分数你全拿满也还是不及格，士兵许三多给出了此题的圆满答案。

许三多和成才同出一乡，前者是原生的心态——"要好好活"，"要做有意义的事"，后者却不知跳到几度去了——"不想当元帅的士兵就不是好士兵"。几百年来，拿破仑的这句话好像成了无可置疑的真理，其实未必。比如说人，人是由脑袋瓜子和脚巴丫子等等组合的各司其职的一个整体，要是脚巴丫子总想当脑袋瓜子，或者脑袋瓜子看不起脚巴丫子，这人一准儿生病。史铁生的病就是这么来的，脚巴丫子不听脑袋瓜子的，还欺骗脑袋瓜子，致使其肌肉萎缩并骨质疏松；

幸好它还没犯上到去代替脑袋瓜子，否则其人必将进而痴呆。脑袋瓜子要当好脑袋瓜子，比如说爱护脚巴丫子；脚巴丫子要当好脚巴丫子，比如说要听命于脑袋瓜子，同时将真实信息——是疼，是痒，是累——反馈给脑袋瓜子，这才能活蹦乱跳地是个健康人。

可照这么说就有个问题了：元帅生下来就是元帅吗？哪个元帅不曾是士兵？那就还有一问：你是只想当元帅呢，还是自信雄才大略，能打胜仗，才想当元帅的？倘是后者，雄才中必有一才：能够号令千万士兵协同作战——仗从来是要这么打的；大略中当含一略：先让那不想当士兵的士兵回家——不懂得当好士兵的士兵，怎能当好元帅？战争中的元帅，先得看自己是个士兵。可见，许三多的质朴信奉，既适用于士兵也适用于元帅。尤当战争结束，士兵和元帅携手回乡，就都能够继续活得好了。

"好好活"并"做有意义的事"，正是不可再有删减的原生态。比如是一条河的、从发源到入海都不可须臾有失的保养。元帅不是生命的根本，元帅也有想不开跳楼的。当然了，十度、百度、千万度，于这复杂纷繁的人间都可能是必要的，但别忘记零度，别忘记生命的原生态。一个人，有八十件羊绒衫，您说这是为了上哪儿去呢？一个人，把"读了多少书"当成一件暗器，您说他还能记得自己是打哪儿来的吗？比如唱歌，"大青石上卧白云，难活莫过是人想人"——没问题，原生态！"无论是东南风还是西北风，都是我的歌"呢？

黄土地上的"许三多们"恐怕从未想到过这样的炫耀，也从不需要这样的"乐观"教育。比如画画，据说梵高并未研究过多少画作，他说"实际上我们穿越大地，我们只是经历生活"，"我们从遥远的地方来，到遥远的地方去……我们是地球上的朝拜者和陌生人"，"（这儿）隐藏了对我的很多要求"，于是他笔下的草木发出着焦灼的呼喊，动荡的天空也便响彻了应答。而模仿他的，多只是模仿了他的奇诡笔触；收藏他的，则主要看那是一件值钱的东西。又比如政治，为了人民（安居乐业）的是原生态——政治压根儿就是为了办好这件事的，但也有些仅仅是为了赢得人民，他们要办的事情好像要更多些。再比如信仰，为了使自己的灵魂得其指点和拯救的，是原生态，为了去指挥别人的，就必须得编瞎话儿、弄光环了。比如婚姻，"父母之命、媒妁之言"似乎更古老，但那是原生态吗？爱情，才是原生态。爱情，最与写作相近，因而"时尚之命、评论家之言"断不可以为写作的根据，写作的根据是你自己的迷茫和迷恋、心愿与疑难。写作所以也叫创作，是说它轻视模仿和帮腔，看重的是无中生有，也叫想象力，即生命的无限可能性。以有限的生命，眺望无限的路途，说到底，还是我们从哪儿来，要到哪儿去。回到这生命的原生态，你会发现：爱情呀，信仰呀，政治呀以及元帅和"诺奖"呀……的根，其实都在那儿，在同一个地方，或者说在同一种对生命的态度里。它们并不都在历史里，并不都在古老的风俗中，更不会拘于一时一域。果真是人的原生态，那就只能在人的心里，无论其何许人也。

有个人，整理好行装，带足了干粮和水，在早春出发，据说是要去南方找他的爱人，可结果，人们却在北方深冬的旷野里发现了他的尸体。要去南方却死在了北方，这期间发生了什么没人知道（就像海明威猜不透那头豹子到雪线以上的山顶上去究竟是要干吗）。据此可以写一部长篇小说，不去农村也可以。对那段漫长或短暂的空白，你怎么猜想都行，怎么填写也都不会再得罪谁，但大方向无非两种：一是他忘记了原本是要去哪儿，一是他的爱人已移居北方。

2008年1月26日

看音乐[①]

　　我应该算个音乐盲，至少是半盲。喜欢的曲子不多，因为听的就少。听的少，是因为总也不能在干着其他事情的时候听，又很少找张盘来专门听。那可还什么时候听呢！通常是不经意间，一段旋律忽然撞准了我的心情，这才放开手里的事，专下心来听。听那旋律在耳边飘游、漫展，空间仿佛越来越大，时间仿佛越来越远，物我皆虚，眼前却是气象纷繁，有过的和没有过的情景潮涌风飞般地聚来，也不分先后，也无须逻辑，唯心中空阔，是一种——像有人说的那样——"平静的坏心情"。可一旦这样，就又不能专注，在屋子里待不住似的，只想出去走，哪儿都行，荒山野岭，大漠长河，好像只有那样一路走一路听它才对劲儿。否则就像姜文有一回说的：喝酒得用大碗，俩指头捏个小杯子总感觉不够正派。

　　然而我注定是得待在屋里了。很可能，这就是我更适合

[①] 作者原本计划写三篇，即"想电影""看音乐""听美术"。后仅完成第一篇（已刊发）。此篇为初稿，第三篇只有计划。——编者注

看音乐

写而不是听的缘故。

有回我去看一场音乐会——标准的外行话！不过我发现，音乐会确是可以看并且需要看的。那么庞大的一个组织，那么纷杂的人员和器具，竟发出着那么和谐的声响，先已让人有所感叹。然后，不由得去看他们每一个人的表情，想他们每一个人的身世，唯此——对我来说——所有的声音才都更加鲜活起来，不仅仅是一首首名家的名曲了。

给我印象最深的是一位老者，须发皆白，戴顶小圆帽儿，估计是个犹太人。他吹长笛，好像是《自新大陆》，长笛时而横在唇边，时而握于胸前，从容尊贵的神情从始至终。头几乎不动，唯转动眼珠去核查乐谱，去跟随台前的指挥。眼珠深陷，似显灰白，也许是灯光的缘故吧，却炯然闪烁，给我的印象是沧桑历尽，犹自眼望神光。或许，他就是几十年前一个逃出集中营的孩子吧，而后在那片缺水的沙漠上建设家园，说不定他身上跳动的正是亚伯拉罕或约伯的血脉。偶尔，有一段长笛突出的吹奏，但很快，那孤独忧郁的曲调又融入轰鸣的交响。长笛还是那样横在唇边，握于胸前，老人神态依然。在他近旁有一位黑人青年，一把闪亮的圆号，那声音让人想起旷野，让人回到非洲广袤的荒原。他是怎样走来跟这老人坐到一起的？会不会，他就曾跟汤姆叔叔同乘一条船？唔，当然，那时候还没有他。那时候也还没有这位老人。那时候，目前世界上这几十亿人都还没有出生。但是否从那时就已注定，有一天，我要来看这个黑人小伙儿跟这位犹太老人同台演奏？角落里还有一位中国姑娘，但也许是日本人、越南人，或者马来西亚人。在这样的时候，这样的音乐会上，国的问题像是个委琐的问题，一条条人为的界线绝不是人类的光荣。整个音乐会中，我就这么外行地看，看那音乐在每一个唇边或指尖上流过，又在每一个唇边或指尖上迎来，每一个演奏者的历史都牵连出全人类的历史，每一条生命线索都牵连进所有人的心情。

所以人们不惜千金、不远万里地要去参加一个音乐会。仅仅是CD，躺在屋子里听，太不够了。不是音色不够，是心情不够。音乐会实在是一种仪式，是要看的，看每一个人的到来，看每一个人的庄严与虔敬。我没考证过但我相信，音乐必是源于仪式，祭祀或祈祷的仪式。仪式的要点在于，把容易忘记的事凝聚起来给你看，把生命的征兆显现出来给你看。"听音乐会"仍然还是内行话，"看音乐会"的却不该再被认为是外行。参加，啥意思？现场感，究竟是感到了什么？屋子里总归有点儿封闭。旷野上却并不孤独。我的小外甥告诉过我他的音乐感受：某种描绘具体场景、具体心情的音乐，让你跟着它走，难免会使想象束缚于一时一域，而比如说巴赫式的抽象，却能让你无边无际地行走。旷野所以不是孤独，在那儿不被眼前的事物束缚，才能看到更多的情景，更多的心情，更多和更悠久的历史；其优势在于，你会把一切都看得更值得，而行走恰是对之最好的配合。

2008年2月

喜 欢 与 爱

说真的,我并不喜欢我的家乡,可扪心而问,我的确又是爱它的。但愿前者不是罪行,后者也并非荣耀。大哲有言,"人是被抛到世界上来的",故有权不喜欢某一处"被抛到"的地方。可我真又是多么希望家乡能变得让人喜欢呀,并愿为此付绵薄之力。

不过,我的确喜欢家乡的美食,可细想,我又真是不爱它。喜欢它,一是习惯了,二是它确实色香味俱佳。不爱它,是说我实在不想再为它做什么贡献;原因之一是它已然耗费了吾土吾民太多的财源和心力,二是它还破坏生态,甚至灭绝某些物种。

喜欢但是不爱,爱却又并不喜欢,可见喜欢与爱并不是一码事。喜欢,是看某物好甚至极好,随之而来的念头是:欲占有。爱,则多是看某物不好或还不够好,其实是盼望它好以至非常好,随之而得的激励是:愿付出。

尼采的"爱命运"也暗示了上述二者的不同。你一定喜欢你的命运吗？但无论如何你要爱它；既要以爱的态度对待你所喜欢的事物，也要以同样的态度对待你不喜欢的事物。大凡现实，总不会都让人喜欢，所以会有理想。爱是理想，是要使不好或不够好的事物好起来，便有"超人"的色彩。喜欢是满意、满足，甚至再无更高的期盼，一味地满意或满足者若非傻瓜，便是"末人"的征兆。

把喜欢当成爱，易使贪贼冒充爱者。以为爱你就不可以指责你，不能反对你，则会把爱者误认为敌人。所以，万不可将喜欢和爱强绑一处。对于高举爱旗——大到爱国，小到爱情——而一味颂扬和自吹自擂的人，凝神细看，定能见其贪图。

爱情也会有贪图吗？譬如傍大款的，哪个不自称是"爱情"？爱国者也可能有什么贪图吗？从古到今的贪官，有谁不说自己是"爱国者"？上述两类都不是爱而仅仅是喜欢，都没有"愿付出"而仅仅是"欲占有"。喜欢什么和占有什么呢？前者指向物利，后者还要美名。

爱情，追求喜欢与爱二者兼备。二者兼备实为难得的理想状态，爱情所以是一种理想。而婚姻，有互相的喜欢就行，喜欢淡去的日子则凭一纸契约来维系，故其已从理想的追求降格为法律的监管。美满家庭，一方面需要务实的家政——不容侵犯的二人体制和柴米油盐的经济管理，倘其乱套，家庭即告落魄，遂有解体之危；另一方面又要有务虚的理想或信仰——爱情，倘其削弱、消失或从来没有，家庭即告失魂，即便维持也是同床异梦。爱国的事呢,是否与此颇为相似?

不过,爱情的理想仅仅是两个人的理想吗?压根儿就生在孤岛上的一对男女,谈什么爱情呢?最多是相依为命。孤岛上的爱情,必有大陆或人群做背景——他们或者是一心渴望回归大陆,或者原就是为躲避人群的伤害。总之,唯在人群中,或有人群为其背景,爱情才能诞生,理想才能不死。仅有男女而无人群,就像只有种子而无阳光和土地。爱情,所以是博爱的象征,是大同的火种,是于不理想的现实中一次理想的实现,是"通天塔"的一次局部成功。爱情正如艺术,是"黑夜的孩子",是"清晨的严寒",是"深渊上的阶梯",是"黑暗之子,等待太阳"。爱情如此,爱国也是这样啊,堂堂人类怎可让一条条国境线给搞糊涂呢!

良善家庭的儿女,从小就得到这样的教育:要关爱他人,要真诚对待他人,要善解人意,要虚心向别人学习……怎么长大了,一见国、族,倒常有相反的态度在大张旗鼓?还是没看懂"喜欢"与"爱"的区别吧。不爱人,只爱国,料也只是贪图其名,更实在的目的不便猜想。爱人,所以爱国,那也就不会借贬低邻人来张扬自己了——是这么个理儿吧?

2008 年 6 月 15 日

奶奶的星星[1]

　　世界给我的第一个记忆是：我躺在奶奶怀里，拼命地哭，打着挺儿，也不知道是为了什么，哭得好伤心。窗外的山墙上剥落了一块灰皮，形状像个难看的老头儿。奶奶搂着我，拍着我，"噢——噢——"地哼着。我倒更觉得委屈起来。"你听！"奶奶忽然说，"你快听，听见了吗……"我愣愣地听，不哭了，听见了一种美妙的声音，飘飘的、缓缓的……是鸽哨儿？是秋风？是落叶滑过屋檐？或者，只是奶奶在轻轻地哼唱？直到现在我还是说不清。"噢噢——睡觉吧，麻猴儿来了我打它……"那是奶奶的催眠曲。屋顶上有一片晃动的光影，是水盆里的水反射的阳光。光影也那么飘飘的、缓缓的，变幻成和平的梦境，我在奶奶怀里安稳地睡熟……

　　我是奶奶带大的。不知有多少人当着我的面对奶奶说过："奶奶带起来的，长大了也忘不了奶奶。"那时候我懂些事了，

---

[1] 此文为小说。

趴在奶奶膝头，用小眼睛瞪那些说话的人，心想：瞧你那讨厌样儿吧！翻译成孩子还不能掌握的语言就是：这话用你说吗？

奶奶愈紧地把我搂在怀里，笑笑："等不到那会儿哟！"仿佛已经满足了的样子。

"等不到哪会儿呀？"我问。

"等不到你孝敬奶奶一把铁蚕豆。"

我笑个没完。我知道她不是真那么想。不过我总想不好，等我挣了钱给她买什么。爸爸、大伯、叔叔给她买什么，她都是说："用不着花那么多钱买这个。"奶奶最喜欢的是我给她踩腰、踩背。一到晚上，她常常腰疼、背疼，就叫我站到她身上去，来来回回地踩。她趴在床上"哎哟哎哟"的，还一个劲儿夸我："小脚丫踩上去，软软乎乎的，真好受。"我可是最不耐烦干这个，她的腰和背可真是够漫长的。"行了吧？"我问。"再踩两趟。"我大跨步地打了个来回："行了吧？""唉，行了。"我赶快下地，穿鞋，逃跑……

于是我说："长大了我还给您踩腰。"

"哟，那还不把我踩死？"

过了一会儿我又问："您干吗等不到那会儿呀？"

"老了，还不死？"

"死了就怎么了？"

"那你就再也找不着奶奶了。"

我不嚷了，也不问了，老老实实依偎在奶奶怀里。那又是世界给我的第一个可怕的印象。

一个冬天的下午，一觉醒来，不见了奶奶。我扒着窗台喊她，窗外是风和雪。"奶奶出门儿了，去看姨奶奶。"我不信，奶奶去姨奶奶家总是带着我的。我整整哭喊了一个下午，妈妈、爸爸、邻居们谁也哄不住，直到晚上奶奶出我意料地回来。这事大概没人记得住了，也没人知道我那时想到了什么。小时候，奶奶吓唬我的最好办法，就是说："再不听话，奶奶就死了！"

夏夜，满天星斗。奶奶讲的故事与众不同，她不是说地上死一个人，天上就熄灭了一颗星星，而是说，地上死一个人，天上就又多了一个星星。

"怎么呢？"

"人死了，就变成一个星星。"

"干吗变成星星呀？"

"给走夜道儿的人照个亮儿……"

我们坐在庭院里，草茉莉都开了，各种颜色的小喇叭，掐一朵放在嘴上吹，有时候能吹响。奶奶用大芭蕉扇给我轰蚊子。凉凉的风，蓝蓝的天，闪闪的星星，永远留在我的记忆里。

那时候我还不懂得问，是不是每个人死了都可以变成星星，都能给活着的人把路照亮。

奶奶已经死了好多年。她带大的孙子忘不了她。尽管我现在想起她讲的故事，知道那是神话，但到夏天的晚上，我却时常还像孩子那样,仰着脸,揣摸哪一颗星星是奶奶的……我慢慢去想奶奶讲的那个神话,我慢慢相信,每一个活过的人,都能给后人的路途上添些光亮,也许是一颗巨星,也许是一把火炬,也许只是一支含泪的烛光……

奶奶是小脚儿。奶奶洗脚的时候总避开人。她避不开我,我是"奶奶的影儿"。

"这有什么可看的!快着,先跟你妈玩儿去。"

我蹲在奶奶的脚盆前不走。那双脚真是难看,好像只有一个大脚趾和一个脚后跟。

"您疼吗?"

"疼的时候早过去啦。"

"这会儿还疼吗?"

"一碰着,就疼。"

我本来想摸摸她的脚,这下不敢了。我伸一个指头,拨弄拨弄盆里的水。

"你看受罪不!"

我心疼地点点头。

"赶明儿奶奶一喊你,你就回来,奶奶追不上你。嗯?"

我一个劲儿点头,看着她那两只脚,心里真害怕。我又看看奶奶的脸,她倒没有疼的样子。

"等我妈老了,脚也这样儿了吧?"

一句话把奶奶问得哭笑不得。妈妈在外屋也忍不住地笑,过来把我拉开了。奶奶还在里屋念叨:"唉,你妈赶上了好时候,你们都赶上了好时候……"

晚上睡在奶奶身旁,我还想着这件事,想象着一个老妖婆(就像《白雪公主》里的那个老妖婆,鼻子有钩,脸是蓝的),用一条又长又结实的布使劲勒奶奶的脚。

"您妈是个老妖婆!"我把头扎在奶奶的脖子下,说。

"这孩子,胡说什么哪?"奶奶一愣,摸摸我的头,怀疑我是在说梦话。

"那她干吗把您的脚弄成那样儿呀?"

奶奶笑了,叹口气:"我妈那还是为我好呢。"

"好屁!"我说。平时我要是这么说话,奶奶准得生气,这回没有。

"要不能到了你们老史家来?"奶奶又叹气。

"我不姓屎!我姓方!"我喊起来。"方"是奶奶的姓。

奶奶也笑,里屋的妈妈和爸爸也笑。但不知为什么,他们都不像往常那样笑得开心。

"到你们老史家来,跟着背黑锅。我妈还当是到了你们老史家,能享多大福呢……"奶奶总是把"福"读成"斧"的音。

老史家是怎么回事呢?奶奶干吗总是那么讨厌老史家呢?反正我不姓屎,我想。

月光照在窗纸上,一个个长方格,还有海棠树的影子。街上传来吆喝声,听不清是卖什么的,总拖着长长的尾音。我看见奶奶一眨不眨地睁着眼睛想事。

"奶奶。"

"嗯？睡吧。"奶奶把手伸给我。

奶奶想什么呢？她说过，她小时候也有一双能蹦能跳的脚。拉着奶奶的手睡觉，总能睡得香甜。我梦见奶奶也梳着两个小"抓髻儿"，踢踢踏踏地跳皮筋，就像我们院里的惠芬三姐，两个"抓髻儿"，两只大脚片子……

惠芬三姐长得特别好看。我还只是个小孩子的时候，就觉得她好看了。她跳皮筋的时候我总蹲在一边看，奶奶叫我也叫不动。但惠芬三姐不怎么爱理我。她不太爱理人。只有她们缺一个人抻皮筋的时候，她才想起我。我总盼着她们缺一个人。她也不爱笑，刚跳得有点儿高兴了，她妈就又喊她去洗菜，去和面，去把她那群弟弟妹妹的衣裳洗洗。她一声不吭地收起皮筋，一声不吭地去干那些活儿。奶奶总是夸她，夸她的时候，她也还是一声不吭。

惠芬三姐最小的弟弟叫八子，和我同岁。他们家有八个孩子，差不多一个比一个小一岁。他们家住南屋，我们家住西屋。

院子中间，十字砖路隔开四块土地，种了一棵梨树和三棵海棠树。春天，满院子都是白花；花落了，满地都是花瓣。树下也都种的花：西番莲、草茉莉、珍珠梅、美人蕉、夜来香……全院的人都种，也不分你我。也许因为我那时还很小，总记得那些花都很高。我和八子常在花丛里钻来钻去。晚上，那更是捉迷藏的好地方,往茂密的花丛中一蹲,学猫叫。奶奶总愿意把我们拢到一块儿,听她说谜语:"青石板,板石青,青石板上……""咳,是星星!"奶奶就会那么几个谜语。八子不耐烦了,又去找纸叠"子弹";我们又钻进花丛。"别崩着眼睛!唉……"奶奶坐在门前喊。"没有,我们崩猫呢!"八子说。有一只外头来的大黑猫,是我们的假想敌。"猫也别崩,好好的猫,你们别害巴它!"奶奶还在喊。我们什么都听不见了,从前院追到后院,又嚷又叫,黑猫蹿上房,逃跑了。

八子特别会玩儿。弹球儿他总能赢,一赢就是大半兜,好的不多,净是大麻壳、水泡子。他还会织逮蜻蜓的网,一逮就是一大把,每个手指缝夹两只。他还敢一个人到城墙根儿去逮蛐蛐儿,或者爬到房顶上去摘海棠。奶奶就又喊:"八子,八子!什么时候见你老实会儿!看别摔了腰!"八子爱到我们家来,悄悄地,不让他妈知道。奶奶总把好吃的分给我们俩——糖,一人两块,或者是饼干,一人两三块。八子家生活困难,平时吃不到这些东西。八子妈总是抱怨,"有多少东西,也不够我们家那几个'小饿狼儿'吃的。"我和八子趴在奶奶的床上,把糖嘬得"唑唑"地响,用红的、蓝的玻璃纸看太阳,看树,看在院里晾衣服的惠芬三姐。我们俩得意地嘻嘻哈哈笑。"八子!别又在那儿闹!"惠芬三姐说话总绷着脸,像个大人。八子嘴里含着糖,不敢搭茬儿。"没闹,"奶奶说,"八子难得不在房上。"其实奶奶最喜欢八子,说他忠厚。

上小学的时候,我和八子一班。记得我们入队的时候,八子家还给他做不上一件白衬衫,奶奶就把我的两件白衬衫分一件给八子穿。八子高兴得脸都发红,他长那么大一直是捡哥哥姐姐的旧衣服穿。临去参加入队仪式的早晨,奶奶又把八子叫来,给我们俩每人一块蛋糕和两个鸡蛋。八子妈又给了我们每人一块补花的新手绢,是她自己做的。八子妈没日没夜地做补花,挣点钱贴补家用。

奶奶后来也做补花,是八子妈给介绍的。一开始,八子妈不信奶奶真要做,总拖着,奶奶就总问她。

"八子妈,您给我说了吗?"

"您真要做是怎么的?"八子妈肩上挂着一绺绺各种颜色的丝线。

"真做。"

"行,等我给您去说。"

过了好些日子,八子妈还是没去说。奶奶就又催她。

"您抽空儿给我说说去呀?"

"您还真要做呀?"

"真做。"

"您可真是的,儿子儿媳妇都工作,一月一百好几十块,总共四口人,受这份儿累干吗?"

"我不是缺钱用……"奶奶说。

奶奶确实不是为挣那几个钱。奶奶有奶奶的考虑,那时我还不懂。

小时候，我一天到晚都是跟着奶奶。妈妈工作的地方很远，尤其是冬天，她要到天挺黑挺黑的时候才能回来。爸爸在里屋看书、看报，把报纸弄得窸窸窣窣地响。奶奶坐在火炉边给妈妈包馄饨。我在一旁跟着添乱，捏一个小面饼贴在炉壁上，什么时候掉下来就熟了。我把面粉弄得满身全是。

"让你别弄了，看把白面糟踏的！"奶奶掸掸我身上的面粉，给我把袄袖挽上。

"那您给我包一个'小耗子'！"

"这是馄饨，包饺子时候才能包'小耗子'。"

可奶奶还是擀了一个饺子皮，包了一个"小耗子"。和饺子差不多，只是两边捏出了好多褶儿，不怎么像耗子。

"再包一只'猫'！"

又包一只"猫"。有两只耳朵，还有点儿像。

"看到时候煮不到一块儿去，就说是你捣乱。"

"行，就说是我包的！"

奶奶气笑了："你要会包了，你妈还美。"

"唉，你们都赶上了好时候。"我拉长声音学着往常奶奶的语调，"看你妈这会儿有多美！"

奶奶常那么说。奶奶最羡慕妈妈的是，有一双大脚，有文化，能出去工作。有时候，来了好几个妈妈的同事，她们"叽叽嘎嘎"地笑，说个没完，说单位里的事。我听不懂，靠在奶奶身上直想睡觉。奶奶也未必听得懂，可奶奶特别爱听，坐在一个不碍事的地方，支棱着耳朵，一声不响。妈妈她们大声笑起来。奶奶脸上也现出迷茫的笑容,并不太清楚她们笑的是什么。"妈,咱们包饺子吧。"妈妈对奶奶说。奶奶吓了一跳,忙出去看火,火差点儿就要灭了;奶奶听得把什么都忘了。客人们走后,奶奶的情绪一下子低落了,说:"你们刷碗、添火吧,我累了。"妈妈让奶奶躺会儿。奶奶不躺,坐在那儿发呆。好半天,奶奶又是那句话:"唉,你们都赶上了好时候。"爸爸、妈妈都悄悄的。只有我敢在这时候接奶奶的茬儿:"看你妈多美,大脚片子,又有文化,单位里一大伙子人,说说笑笑多痛快。""可不是嘛。我就是没上过学。我有个表妹……""知道,知道。"我又把话茬儿接过去:"你有个表妹,上过学,后来跑出去干了大事。""可不真的?"奶奶倒像个孩子那样争辩。"您表妹也吃食堂?"我这一问把爸爸、妈妈全逗乐了。奶奶有些尴尬:"六七岁讨人嫌。"奶奶骂我只会这一句。不知为什么,奶奶特别羡慕别人吃食堂,说起她羡慕或崇拜的人来,最后总要说明一句:"人家也吃食堂。"

后来,1958年,街道上也办了食堂。奶奶把家里的好多坛坛罐罐都贡献了出去。她愿意早早地到食堂门口去等着开饭。中午,爸爸、妈妈都不回来,她叫我放了学到食堂去找她。卖饭的窗口开了,她第一个递上饭票去:"要一个西红柿,一个……嗯……"她把"一个"咬得特别清楚,但却不自然;她有些不好意思,但又很骄傲似的。现在回想起来,她大概是觉得自己和那些能出去工作的人相仿了,可她毕竟又没出去工作过。

是在我上小学二年级的时候,那些日子,奶奶晚上总去开会,总不让我跟着。"又不是去看戏!"奶奶说,脾气变得很急躁。

我跟着奶奶看过不少老戏。奶奶做补花挣了钱,就请别人看戏,请八子妈,请姨奶奶,也请院里的另一个老太太,自然每次都得请我——她的"影儿"也得占一个座位。奶奶不会看戏,每次看戏之前都得请教那"另一个老太太"。那个老太太懂戏,也并非真懂,用现在的话说也就是个"名人爱好者"。什么梅兰芳、姜妙香、袁世海、张君秋……奶奶和我都是从她那儿得到启蒙的。我坐在剧场的椅子上睡觉,我是为中间的十五分钟休息来的——休息的时候小卖部卖酸梅汤,我使劲说渴,至少可以喝两瓶。奶奶说:"我年轻时候什么戏也没看过。"她大约是为补上这一课来的。平时胡同里几个老头儿、老太太在一块儿聊天,谁都比奶奶懂戏。奶奶什么事都要强。不过只有一回,奶奶和那个老太太是都看懂了,不是戏,是电影《祝福》。看完了,奶奶直哭,那个老太太也直哭。"那时候可不就是那么样儿。"那个老太太说。"可不就那么样儿。"奶奶说。两个人的眼睛都红红的。我不声不响地跟在奶奶身后走。最惨的不是祥林嫂最后摔倒在雪地上,而是她捐了门槛,高高兴兴地回来的时候。奶奶后来总爱给别人讲《祝福》,还是把"福"念成"斧"的音。不过她再也不愿意看那个电影了。

一天晚上，奶奶又要去开会，早早地换上了出门的衣服，坐在桌边发愣。

妈妈把我叫过来，轻声对奶奶说："今天让他跟您去吧，回来道儿挺黑的。小孩儿，没关系。"

我高兴地喊起来："不就是去我们学校吗？我搀您去，那条路我特熟！"

"嘘——喊什么！"妈妈给了我一巴掌。妈妈的表情挺严肃。

我跑去找八子，我们俩早就想晚上去一回学校了。我们学校原来是一座大庙，八子说，晚上那儿的蛐蛐儿准少不了。

学校有好几层院子，有好几棵又粗又高的老柏树，院墙上长满了草，红色的灰皮脱落了很多。天还没黑，伏天儿在老柏树上"伏天儿——伏天儿——"地叫着。奶奶到尽后院儿去开会，嘱咐我们就在前院玩儿。这正合我们的心意，好玩儿的东西全在前院儿，白天被高年级同学占领的双杠、爬竿儿、沙坑，这会儿全空着。

"八子，真是跟你妈说了？"奶奶又问。

"真说了。"

八子冲我笑。他才不用跟他妈说呢，他常常在外面玩儿到半夜，他妈顾不上管他。我常常为此羡慕八子。

我们先玩儿爬竿儿，我爬不过八子。又玩儿双杠，一人占一头，喊一声"开始！"各自从双杠上蹿过去抓对方，几个来回之后，我总是上气不接下气地被八子抓住。八子身体好，也跑得快。跟八子出去玩儿，我不用担心挨欺负，八子打架也特别厉害。

　　八子的功课一般，不像惠芬三姐，惠芬三姐很用功，还是少先队大队委。我也是班里的学习尖子，但我至今记得，一有算术比赛，八子的成绩总比我好。他就是不用功，不按时完成作业，语文总考六十几分。小学毕业时，我考上了一所名牌中学，八子只考上了三流学校。现在想想，八子的天资其实比我强，我纯粹是靠了奶奶的督促，靠爸爸妈妈总能在课后帮我补习。谁管八子呢？他晚上不是帮家里干活儿，就是跑出去疯玩儿。惠芬三姐是个例外，她不声不响地干活儿，又不声不响地读书。八子妈嫌她晚上读书费电，她就每天早早地起来在院子里用功。1965年，惠芬三姐考上了大学。那时候她戴上了眼镜，更漂亮了，文质彬彬的，有学问的样子。我真羡慕八子有这样一个姐姐。八子却不放在心上，总拿她的"四眼儿"开玩笑。惠芬三姐不屑于理他。八子也不太爱理惠芬三姐。

　　太阳落了。

　　"嚯——嚯嚯——"天完全黑下来时，蛐蛐儿果然不少。"嚯嚯——嚯嚯嚯——"东边也叫，西边也叫。我们顺着声音找，找到了一处墙根儿下。八子对准砖缝滋了一泡尿，一会儿，蛐蛐儿就蹦出来，在月光底下看得很清楚。八子很快就把蛐蛐儿逮住，看看，又扔了。

　　"老迷嘴，不开牙。"他说。

我们又找，找到一块大石头旁边，蛐蛐儿不叫了。八子示意我别出声，我们蹲在石头边静静地等，大气不出。蛐蛐儿又叫起来，"嚁嚁嚁——"八子笑了。

"哟，我没尿了。"

"我有！"我说。

"嘘！——小点儿声。冲这儿撒，对准了。"

逮到了一只好的。八子从兜里掏出一张纸，卷成纸筒，把蛐蛐儿装进去。

月光真亮，透过老柏树浓黑的枝叶，洒在院子里，斑斑点点。那么大的院子里只有我们俩。教室都是原来大庙的殿堂，这会儿黑森森的，静悄悄的，有点瘆人。星星都出来了。我想起了奶奶。八子逮起蛐蛐儿来入迷，撅着屁股扎在草丛里，顺着墙根儿爬。

我对八子说："我去看看后院儿有没有蛐蛐儿。"

尽后院儿的南房里亮着灯。我悄悄地爬上石阶，扒着窗台往里看。一排排的课桌前坐的全是老头儿、老太太。我看见奶奶坐在最后排，两只手放在膝盖上，样子就像个小学生。我冲她招招手。没看见，她听得可真用心。我直想笑。奶奶常说，她要是从小就上学，能知道好多事，说不定她早就参加了革命呢！"我说不定就从你们老史家跑出去了呢。我有个表妹，就是从婆家跑出去的，后来进了共产党……"奶奶老是讲她那个表妹，说她就是因为上过学，知道了好些事，早早地放了脚，跑出去干了大事。我又想笑了：奶奶跑起来是什么样呢?还是用脚后跟跑吗?……

讲台上有个人在讲话。讲台两边还坐着好几个人。有个女的老是给他们倒水喝。

我见过奶奶的那个表妹一回,只见过一回,在一个大楼里。奶奶紧拉着我的手,在又宽又长的楼道里走,东问西问。后来人家让我们在一间屋子里等着,屋子里有好多沙发,可奶奶不让我坐,她自己也站着。等了老半天,才来了一个女的,奶奶让我管她叫表奶奶……

讲台上的那个人讲个没完没了。

我还从来没有这么远远地望着过奶奶。她直了直腰,两只手也没敢离开膝头。这下您知道上学的滋味儿了吧?我又在心里笑。奶奶每天晚上都抱着那本扫盲课本念,有一课是《国歌》,她老是把"吼声"念成"孔声"。"又是孔声!"连我都能提醒她了。她挺难为情,声音变小,慢慢又大起来,念到"吼声"的时候声音又变小,停好一阵儿,大概是在心里重复……

就在这时候,我忽然听清了讲台上那个人讲的话:"你们过去都是地主、富农,都是靠剥削农民生活,过的都是好逸恶劳,光吃不做的剥削阶级生活……"

什么?再听。

"……地、富、反、坏、右,你们是占的前两位。今后呢?你们还是要认真改造自己……"

我赶紧离开窗台,站在台阶下不知该干什么,脑袋里

"嗡嗡"的。地主？奶奶也是地主？

八子来了："嘿！看，六个！"

我应了一声，赶紧往前院儿走。

"后院儿有吗？你怎么啦？"

"后院儿没有，咱们还上前院儿吧。"

"前院儿都没啦！"

"那，咱们玩儿爬竿儿去吧。"我拉着八子紧往前院儿走，我怕他也听见……

奶奶拿回来一个白色的卡片。爸爸、妈妈围在奶奶身边看，样子倒像是很高兴。奶奶直擦眼泪。

"这回就行了，您就甭难受了。"爸爸说。

"就是说，您跟大伙儿都一样了，也有选举权了。"妈妈说。

我趴在床上不说话。这是怎么回事呀？我又不敢问。

"跟了你们老史家，唉……"奶奶又是那句话，说话的声音也有些颤抖，"解放前我也没过过一天舒心日子呀，比老妈子能强多少……"

"您可不能这么想。"妈妈说，"您过的日子再不舒心，也是衣来伸手，饭来张口呀！工人、农民呢？人家过的什么日子？"

奶奶的脸腾地红了，慌忙点头："我知道，我知道。我就那么一说。人家过得牛马不如，这我都知道。"

过了一会儿，奶奶又对爸爸说："你还记得给老史家扛活的刘四吗？后来得肺病死了，剩下刘四媳妇带着仨孩子……那时候我也是自个儿带着你们仨。我就跟你大哥说过，真要是分了家，咱们这份儿由我做主，我就把那一亩多地给了刘四媳妇……"

"您可也别总说这事儿。"妈妈又说，"那是因为您有，不在乎那一亩多。"

奶奶愣了一会儿，说："可不也是，让我都给，我准不干。还不是剥削思想？"

"行了，"爸爸弹弹那张白卡片说，"这回您就过舒心日子吧。"

奶奶把白卡片用一条新毛巾包起来，说，"打解了放，没什么人告诉我，我也是爱这新社会。我可不想再受你们老史家的气……哟，这孩子八成儿着凉了吧？我说不带他去……"奶奶才发现我蔫蔫地趴在床上，忙打住话头，哄我去睡觉。

奶奶摸摸我的头："不烧。准是玩儿累了。"

奶奶给我打来洗脚水，又摸摸我的头："明儿奶奶给你包饺子，扁豆馅儿的，爱吃吗？"奶奶也好像高兴起来了。

直到半夜我还没睡着。我听见奶奶总翻身，大概也没睡着。我不敢动，我怕奶奶知道我在想什么。窗外，海棠树的叶子轻轻地摇晃，露出几颗星星。奶奶怎么会是地主呢？我想起过去奶奶给我讲《半夜鸡叫》的时候……"周扒皮就靠剥削人过日子。"奶奶说。"什么叫剥削呀？"我问。"就是光吃饭不干活儿。""那我是吗?""你不是,你还小。""那您是吗?"……真的,奶奶那时就不说话了,是爸爸把话接了过去:"奶奶不是做补花儿吗?奶奶老了,我们工作养活奶奶。"……唉,我心里乱七八糟的,一宿都没有睡安稳。海棠树的叶子不动了,仍然看得见那几颗星星……

有好几年,我心里总像藏着个偷来的赃物。听忆苦报告的时候,我又紧张又羞愧。看小说看到地主欺压农民的时候,我心里一阵阵发慌、发闷。我也不再敢唱那支歌——"汗水流在地主火热的田野里,妈妈却吃着野菜和谷糠……"过队日时,大家一起合唱,我的声音也小了。我不是不想唱,可我总想起奶奶,一想起奶奶,声音就不由得变小了。奶奶要不是地主多好啊!

我是解放后出生的,但还赶上了一些旧北京的"尾巴"。大人们都说我记事早。那时候,从早到晚,走街串巷做小买卖的和耍手艺的不断。

一清早,就有挎着笸箩卖烧饼馃子的,挎着小一点儿的笸箩卖烂糊芸豆的,挑着挑儿卖老豆腐的。卖烂糊芸豆的还有一块布,你要是多花一分钱,他就把芸豆包在布里,给你捏成一个小芸豆饼。奶奶有时候给我买一小碗芸豆,但绝不让捏成饼,说他那块布"一点儿都不干净"。我就是想要一个芸豆饼,于是哭、闹。奶奶找来一块干净布,自己给我捏。我还是哭,还是闹,说那根本不是芸豆饼,跟卖的一点儿都不一样。奶奶就说:"再不听话,你长大了也去卖芸豆!那个卖芸豆的老头儿就是从小不听话,长大了没出息,去卖芸豆。"

那时候,我们家住在东直门北小街附近。北小街再往北就出了城,很荒凉,破城墙、护城河边长满了荒草,地坛附近全是乱坟岗子,再走就是农村了。总有些赶大车的、拉排子车的从城外来,从北小街走过。马蹄子踩在地上"咕唧咕唧"的。在我的印象里,北小街永远是满地泥泞、满地马粪。马的鼻子里喷着白气,赶车的人穿得很破、很脏,"哦——哦——"地喊着。我心里挺怕。奶奶拉着我的手站在路边,就又对我说:"看你听话不听话,那些赶大车的就是从小不听话,长大了就得去给人家赶大车。"

奶奶总这么说。中午,修理雨伞旱伞的在街上吆喝,我又闹着不睡午觉,我愿意看那个人用猪血把一条条的高丽纸粘到伞上去。一会儿,磨剪子磨刀的又在外面吹喇叭,"呜哇——",我又想看那个喇叭。奶奶就又是那些话,要么是"不听话就得去磨刀",要么是"那个修理雨伞的就是因为不听话,才那么没出息"……

自从知道了奶奶是地主(后来我又入了少先队),想起这些事,我心里就对自己说:奶奶可不是看不起劳动人民吗?

可是还有另外一些事,让我没法儿解释。也是我很小很小时候的事。门口来了一个买破烂儿的女人,敲着一个像瓶子盖似的小鼓儿,背着一个柳条筐,筐里站着一个比我还小的女孩儿。奶奶拿了几件破衣服交给那个女的。"您要多少?"那女的问,翻来覆去地查看那几件破衣服。"这衣裳可还不算破。"奶奶说。"还不破?您瞧这袖子,这肩膀儿!顶多值……"那女的笑笑,说了个价儿。"那可不卖。"奶奶要收回那几件衣服。那女的抓着衣服不撒手:"那您说个价儿。"奶奶又说了个价儿。"唉,您指着它发财哪?行啦,算我亏本儿!"那女的把衣服扔到筐里,然后慢慢地掏钱。奶奶摸摸筐里那个小女孩儿的脸蛋儿,奶奶就喜欢女孩子。"多大啦?"奶奶问那女的。"两生儿。""几个?""仨,仨丫头!""她爸做什么?""没了。"那女的把钱递到奶奶手里。奶奶忽然不言声儿了,愣怔地看着那娘儿俩。她们穿的衣服一点儿不比筐里的衣服好。那女的背起筐来要走,奶奶又把她叫住。奶奶回屋里拿了两件我穿小了的衣服来,给那个女的:"这可不破,我们这孩子穿着小点儿了。""您要多少?""不是,"奶奶说,"您要不嫌,就给您这小闺女儿穿吧。""哎哟,那敢情……"那女的把衣服在小女孩儿身上比比,笑着:"大妈您瞧,还真挺合适的……"我心里真高兴,又"呱嗒呱嗒"跑回屋去,把我的好几件衣服都抱来。奶奶的眼圈直发红,那女的已经走了。为这事,奶奶总对爸爸妈妈夸我,说:"这孩子大了心眼儿错不了。"

也许这又像妈妈说的,是因为我们有吧?可是我总觉得,奶奶的心肠绝不像个地主。周扒皮会那样吗?

不过,奶奶还是像个地主。住在北小街的时候,逢年过节,奶奶总把爷爷的旧照片摆在桌上,照片前摆两盘点心。

我没有见过爷爷，妈妈说她也没见过。照片上的那个男人穿一身缎子衣服，还戴个瓜皮帽，真像黄世仁，也像穆仁智。我想吃块点心，奶奶不让，说那是给爷爷的。

"这个人长得真难看。"我说。

"咳，不许瞎说！"奶奶把我从照片前拉开。

我还是远远地望着那照片："他怎么长得那样儿呀？"

"他是你爷爷。"

"他是我爸爸的爸爸？"

"嗯。"

"他是您的什么呀？"

奶奶又被逗笑了："去问你妈，你爸爸是你妈的什么。"

我跑去问，回来告诉奶奶："是爱人。"

奶奶不言语，像是想着别的事……

奶奶那会儿不是在思念"失去的天堂"吧？上四年级的时候，我开始懂得了"阶级敌人总是思念他们那已经失去的天堂"，就这么想。不过自从我上了小学以后，奶奶已经不再供爷爷的照片了。

唉，奶奶是地主，这个念头总折磨着我。睡觉的时候，我不再把头扎在奶奶脖子底下了。奶奶以为我是长大了，不好意思再那样了。只有我自己知道是为什么。而且我心里也明白：我还是跟奶奶好——这想法更折磨人。星星还是那些星星，在树叶间闪亮。奶奶会死吗？想到这儿，我还是害怕……

经常有个老头儿到我们家里来。奶奶让我管他叫表爷爷。一身农村人的打扮,说是从河北老家来。我很少叫他"表爷爷",心里只管他叫"馋老头儿"。他一来就盘腿往床上一坐,喝茶、抽烟,满地上吐黏痰。奶奶就得去给他买肉、打酒。有一次爸爸小声对妈妈说话,让我听见了:"要说地主,他才真是地地道道的地主呢。"怪不得他这么讨厌呢,我想。

"馋老头儿"夹一块肉、喝一口酒,谁也不让,好像他就应该到这儿来吃,来喝。

奶奶坐在他对面,陪他说话。

依我看,这"馋老头儿"说的全是反动话。

"老嫂子,您猜怎么着?"他说,"现在难得喝这么口好酒了。有钱你也不敢这么买着喝。"

"是你劳动挣来的钱,你就甭怕。"奶奶说。

"那倒也是。您猜怎么着?村儿里对我还真不错,瞧我这岁数,让我喂牲口。活动活动,身子骨儿倒结实了。"

"你可得好好儿的。"

"那是。再者说了,你不好好儿给人家干也得行啊?"他喝得满脸发红,"嗞儿咋"地响。

"给人家干?"奶奶不满意地斜了他一眼,"你这是给自个儿干。过去人家才是给你干哪!"

"说的是,说的是。"那"馋老头儿"连连点头,低头光是吃,不言语了。

"你的帽子摘了吗?"半天,奶奶又问。

"摘了,头年就摘了。"

什么帽子?摘什么帽子?那时我还不懂。

"老嫂子,您猜怎么着?我还真是心服口服。可不是吗?一样爹妈生的,肉长的,凭什么你就光吃不干呢?……"他好像再找不出什么词儿来表白了,又说,"我可不像史五爷那么浑横儿不说理。"

"史五爷怎么着?"

"还戴着呢。老话儿说了,得人心者得天下,共产党就是得了人心。你史五爷逞能,有你的好儿?"

我越听越糊涂,这家伙到底是不是地主?也许他是装的?可又不像。不过我还是讨厌他,老是满地吐黏痰。还有,一来就吃肉、喝酒,电影里的地主就那样。奶奶还老给他喝。唉,可不是吗?奶奶也是地主呀!……

有好几年,对这件事我心里总是惶惶的。我希望那是假的,但愿是那个晚上我听错了。我去想奶奶做过的事,说过的话,一会儿觉得奶奶真是有点儿像地主,一会儿又觉得一点儿也不像。我几次想问妈妈,又怕妈妈真说是。我真想找个人说说。我跟八子说了。八子听了一愣,然后直笑:"你别瞎说了,奶奶要是地主我死了去!"八子也管我奶奶叫奶奶。"真的,我亲耳听见的。"我说。"准保是你听错了。""也许是。"我说,心里轻松了许多。八子又说:"解放前才有地主呢,现在哪儿有哇?"我的心又一阵子紧:"说的就是解放前。""反正我敢说,奶奶不是!"八子又拍拍自己的胸脯:"要是，我死去！"八子说得那么肯定，我觉得周围的空气都明澈了许多。那是个夏天的中午，院子里静悄悄的。海棠已经有红的了，梨还是青的，树荫下好凉快。八子揉着一团儿面筋。我们常用面筋去粘树上落的蜻蜓。把面筋放在竹竿的顶端，把竹竿慢慢升高，接近正在"做梦"的蜻蜓，"扑噜噜"，蜻蜓使劲扇动翅膀，但已经被粘住，跑不了啦⋯⋯奶奶不会是地主，奶奶还总让我教她唱《社会主义好》呢。奶奶不会是地主，妈妈从单位里借来一张桌子，奶奶总是把热锅什么的放在我们家自己的桌子上，说"可别把公家的桌子烫坏了"，她怎么会是地主呢？⋯⋯

1966年，我快十六岁了，早已经过了入团的年龄。可我却总入不上。爸爸、妈妈才跟我讲了奶奶的事。

"你知道奶奶的成分是什么吗？"

我心里"轰"的一阵紧张，不吭声。

"你大概已经知道了吧？"

我说不出话来。

奶奶的娘家并不是地主，是个做小买卖的——开一个卖棉花兼弹棉花的小店，总共一间半门脸儿。奶奶从小长得漂亮，父母指望能靠她发财，立志要把她嫁到富贵人家去。那时代，在一个小县城，要想做成富贵人家的贤妻良母，需要长得漂亮，需要把脚裹得特别小，需要会做各种针线活儿，需要会看公婆和男人的眼色⋯⋯唯独不需要念书识字，"女子无才便是德"。所以奶奶不能像她的弟弟、妹妹那样去上学，也注定了要有一双小脚儿，要学会恭谦、驯顺、忍气吞声。为什么呢？只是因为奶奶长得好，只是因为她的父母希望攀一门阔亲戚。

父母的愿望竟真实现了。十七岁，奶奶嫁到了老史家。史家是全县的首富，全县将近一半的土地都姓史。不过史家要的仅仅是一个漂亮而且贤惠的儿媳妇，奶奶的父母照样开着那一间半门脸儿的小棉花店。奶奶的父母唯有想到女儿是走了运，才觉得多年的希望没有全落空。

奶奶可真是"走了运"，上有公公、婆婆，下有一大群小叔子、小姑子；公婆之上还活着一对老公公、老婆婆。奶奶既是儿媳妇，又是孙子媳妇。伺候了这个伺候那个，给这个磕了头给那个鞠躬，听完了这个的申斥再去给那个赔不是，似乎老史家主要是缺一个老妈子，缺一个挨骂的，缺一个出气筒，才把奶奶娶过来的。只有奶奶的婆婆还算通些情理，因为她也是那么熬过来的，而且还没熬完。

"你看过《家》吗？"爸爸问我。

我点点头。

"就是那样儿。那种大家庭都是那样儿。奶奶的地位比使唤丫头也差不多。"

奶奶病了，但是在那个大家庭，专为孙子媳妇做些可口的饭菜，等于是造反。奶奶的父母给奶奶送来些点心，但是得交到老公公那儿去。老地主还稀罕几块点心？但这是规矩。

我听奶奶说起过这件事,奶奶根本没见到那几块点心,奶奶的婆婆说了一句:"人家娘家送来的,她又病着……"于是也遭了一顿训斥。

"你还记得《家》里瑞珏是怎么死的吗?"

我又点点头。

"奶奶生第一个孩子的时候就是那样。老公公、老婆婆不让找大夫,更甭说去医院,他们舍不得花那份儿钱……"

在伯父前头,我还应该有个姑姑的。我记起来了,奶奶常念叨她那个闺女,"模样儿可俊了,要不是你们老史家,那孩子何至于死呀!"奶奶喜欢女孩子,就是因为她没个闺女。一看见别人的闺女,她就眼热,就想起自己那个死了的女孩子。所以奶奶对妈妈特别好,把妈妈当亲闺女看。

"不是因为别的,因为那是规矩。"爸爸说,"就像你老太爷,出门儿几十里,一泡屎也要憋回来拉到自家的地里。因为那是规矩。那个社会,可笑和可恨的规矩太多了。"

奶奶生了三个儿子:伯父、父亲、叔叔。叔叔还不到一岁,爷爷就死了。爷爷一死,奶奶在那个大家庭里就更没地位了,没权也没有钱。想给自己做件衣服,还得打着三个儿子的旗号去跟公公要。算计来算计去,要是能从给三个儿子做衣服的钱里省出一点来,自己才能做件汗衫。大概唯因奶奶生了三个儿子,都是史家之后,奶奶才仍然能在老史家吃饭吧。

奶奶还不如让老史家给轰出去呢,我想,那样奶奶现在也就不是地主了。

其实奶奶给他们干的活儿也足够换来一天三顿饭了。无论什么时候，奶奶总得伺候得公公、婆婆、小叔子、小姑子以及儿子们都吃了饭，她自己才能吃。老妈子也不过如此了，老妈子也是永远吃剩饭。

奶奶真想离开那个家。奶奶的表妹就是不堪忍受那种日子，跑出去参加了共产党。可是奶奶的表妹上过学，碰巧知道了有共产党，奶奶知道什么呢？她想跑也不知道往哪儿跑。再说她也不敢跑，连改嫁她都不愿意，她要守节，她受的就是那种教育。奶奶从二十几岁守寡到今天。

她只盼着儿子们都长大。伯父稍大一点儿，奶奶壮着胆子提出了分家的要求，但立刻遭到公公的痛骂。小姑子、小叔子也旁敲侧击："嫂子，您要是想改嫁也行，家不能分！"对奶奶来说，这话是最大的侮辱了。奶奶只有自己偷偷地掉眼泪。再说，离开老史家，三个儿子怎么上学呢？上不起。也许是受了她那个表妹的影响，奶奶执意要三个儿子都上学，而且都要上到大学。吝啬而且迂腐的老地主，连屎都要拉到自家地里，自然不忍心把钱送到学校去，奶奶豁出去了，吵、闹，骂他们欺负孤儿寡母。奶奶竟然变得那么勇敢！可不是，奶奶还怕什么呢？她全部的心愿就是她的三个儿子。她不愿意三个儿子将来跟自己似的，更不愿意三个儿子将来跟老史家的人似的。她只知道上学好，她的表妹好，她的表妹之所以好，就是因为上过学。她那时候不知道别的……

我的心一阵阵发疼。我想起奶奶夜里睁着眼睛想事的样子；想起她的叹气声；想起了她的脚；想起她捧着爸爸给她买的扫盲课本，在灯下一字一顿地念，总是把"吼声"念成"孔声"……

"她干吗算地主？"

"她吃了剥削饭。"

"她给老史家干的活儿就不算啦？"我那时真小。

"那是历史，历史造成的。"爸爸说。

唉，历史！"那现在呢？"

"早就不算地主了。奶奶改造得好，早就摘了地主帽子。再说，奶奶干吗不爱新社会呢？她这一辈子，真正有了自由，真正过了舒心的日子，倒是在解放后。现在奶奶和大伙儿都一样了……"

我松了一大口气，在心里骂了一句最难听的话，骂那个"老史家"。

奶奶知道爸爸、妈妈把她的事告诉了我，见了我还有些难为情，又说要给我包扁豆馅饺子，小心地注意着我的反应。

我心里又高兴又难过，不知道说什么好，只说："包吧。"语气倒像是很勉强。

奶奶转悠过来转悠过去，不说话，偷偷地观察着我的表情。我一看她，她就又把目光躲开。我很想开句玩笑，打破这尴尬的气氛，又想不出逗乐的话。

直到晚上睡觉的时候，我又把头扎在奶奶的脖子底下。

"这么大了还……没臊!"奶奶说。

我觉出她也松了一口气。奶奶的观察力实在是末流的,她难道没有注意到,我有好几年没把头扎在她脖子下了吗?

奶奶活了七十三岁,真正舒心的日子只有那么几年,就是从摘了地主帽子到"文化大革命"开始之前的那七八年。那些年,她整天都很忙,整天都很高兴。她要给全家人做饭,做补花,还要负责全院的清洁卫生。奶奶是全院的卫生负责人。我还记得别人把写了她名字的小红纸条贴在院门上时,她是多么不好意思,又是多么掩饰不住地高兴。为这事她得罪了八子妈,八子家的卫生总是搞不好。

奶奶买了一把长把笤帚,扫起院子来不用弯腰。她的腰和背还是老酸疼。早晨,人们纷纷出门上班的时候,奶奶去扫院门前的街道,和所有过往的街坊们打招呼。她愿意被人们看见。说她爱虚荣也行,说她是显摆也对,她把门前扫得很干净。然后她就冲八子和我喊:"可别再糟踏啦,啊?奶奶刚扫完!"确实是喊给别人听的,但那声音中也确实流露着舒心的骄傲。

奶奶坚持做补花。有时候活儿催得紧,她一直要做到半夜去,急得她就像小学生完不成作业那样。全家人谁也帮不上忙,跟着着急。有一次妈妈说:"我看您就辞了这活儿吧。""敢情你们都有工作!"奶奶喊。奶奶从没有对妈妈喊过,吓得全家都不敢言语。奶奶盼望能进补花厂,但她知道没什么可能,她的岁数太大了,人家不会要。她总埋怨八子爸不让八子妈进补花厂。"趁她还年轻,你就让她去得了。要不赶明儿后悔一辈子!"奶奶对八子爸说。八子爸笑笑:"是我不让她去吗?""去不了,"八子妈赶紧说,"这几个'劳神精'谁管?"奶奶又说八子爸:"让你要这么多!""是我生的吗?"八子爸抽着烟笑。"不要脸!"八子妈骂。

活儿不紧的时候,和八子妈,还有其他几个妇女一块儿做补花,是奶奶最高兴的时候。她们互相称"老刘""老魏""老林"。奶奶是"老方"。奶奶非常喜欢这种称呼,在家里也"老刘""老魏"地念叨,是因为新奇,更透着自豪和满足。"我们老姐儿几个有说有笑的,也不觉着累。"奶奶说。"老了老了,没承想还赶上了好时候。"奶奶说。"唉,你们生的是时候呀!我还有几天儿?"奶奶也常流露出遗憾。

星星。星星。星星。星星……
哪一颗星星是奶奶的呢?
我知道,奶奶是真心爱这新社会的。
那些星星都是死去的人变的,是为了给活着的人把夜路照亮……

"文化大革命"一开始,奶奶又戴上了一顶"帽子",不叫地主,叫"摘帽地主"。其实和地主一样,占"黑五类"之首。所不同的是,"摘帽地主"更狡猾些。一个地主,竟然能够"摘帽",显见其伪装是何等的高明,其用心是何等的险恶,对社会主义的威胁是何等的不可低估。而且这也成了"刘邓路线"的罪行之一。

奶奶先是不能再做补花了。社会主义的工作怎么能给一个地主呢?后来,也不能再当院儿里的卫生负责人了。权力当然更重要。

奶奶倒没有哭,她吓傻了。爸爸、妈妈也吓傻了。好多人都吓傻了。好多吓傻了的人也都在做着傻事,做傻事时的样子也都足以把别人吓傻。

先是惠芬三姐从学校里回来,用了半天时间,把院子里的花全刨了。接着是北屋宋家几个闺女把自己家的硬木大立柜抬到院当中,用斧子给劈了。爸爸也偷偷地烧了几本书。奶奶整天躲在屋子里,掀开一角窗帘往外看;也不怎么做饭,顿顿下挂面。传说垃圾站发现了好几根金条。街道积极分子们怀疑是我们院儿里的人扔出去的,一是因为我们院儿离垃圾站近,二是因为我们院儿里除了八子家成分好,其余的都是"黑九类"。

惠芬三姐当了红卫兵,一身军装,扎一条武装带,长辫子剪了,剪成了短发。说实在的,我觉得她更漂亮了。

我在学校里也想参加红卫兵,可是我出身不是"红五类",不行。我跟着几个"红五类"的同学去抄过一个老教授的家,只是把几个花瓶给摔碎,没别的可抄。后来有个同学提议给老教授把头发剪成"阴阳头"。剪没剪我就不知道了,来了几个高中同学,把非"红五类"出身的人全从抄家队伍中清除出去了。我和另几个被清除出来的同学在街上惶然地走着,走进食品店买了几颗话梅吃,然后各自回家。

院儿里很乱,惠芬三姐带了好几个大学的红卫兵,挨家挨户地搜查。像是全院儿大扫除,各家的东西都摆到了院子里。我们家里也都空了,爸爸、妈妈和奶奶坐在凳子上低声说着什么,很恐怖、很警觉的样子。

"真是没想到。"妈妈说。

"平时看着可是挺老实的人。"奶奶说。

"您可别再这么说了,老实人会藏这些东西?"

"谁呀?藏了什么?"我问。

原来是惠芬三姐带着人从那个最懂戏的老太太家抄出了两箱子绸缎、一盒子金银首饰,还有一本书,书上有蒋介石的像。

"在哪儿呢?"

"已经送走了,连东西带人都送走了。"

我隔着窗户往外看。又来了几个红卫兵,惠芬三姐正和一个挺高挺魁梧的男的说话,嗓门儿很大。她过去可从来不大声说话。她还说了一句"×他妈的",从表情上看好像她并没有那么说。也许是我听错了?我们学校的那些女生也都那么说了。我觉得我们男生那么说说还可以……

妈妈让我回学校去住。我上中学的时候住校。妈妈说:"这一阵子先不要回家,有什么事我去找你。"妈妈给了我三十块钱、六十斤粮票,看来够两个月的伙食费了。

晚上,我蹬上我那辆破自行车回学校。我兜里第一次掖了那么多钱、那么多粮票。路上冷冷清清的。已经是秋天了。自行车轧在干黄的落叶上"嚓嚓"地响。路灯的光线很昏暗,影子从车轮下伸出来,变长,变长,又消失了。我好像一时忘记了奶奶,只想着回到学校里该怎么办。那条路很长,全是落叶……

一天,妈妈到学校来找我,对我说,要是想回家就到她的单位去,她在那儿找了一间房;奶奶已经回老家了。

"什么时候?"

"前天。"

"怎么啦?"

"没怎么。我们怕出事,和你爸爸商量,不如先让奶奶到老家去。"

我倒是松了一口气。那些天听说了好几起打死人的事了。不过坦白地说,我松了一口气的原因还有一个:奶奶不在了,别人也许就不会知道我是跟着奶奶长大的了。我生怕班里的红卫兵知道了这一点,算我是地主出身。

"过些时候,我就去看你奶奶,再给她送些东西去。"妈妈说,声音有些抖。

忘记是为了什么了,我又回了一趟家(可能是为了拿一件什么东西)。院儿里已经面目全非了。花没了;地上刨得乱七八糟的,没人管;每棵树上都钉上了一块语录牌;搬来了好几家新街坊。八子家也搬走了,听说搬到胡同东头的一个大院子里去了。那儿原来住着个资本家,被轰走了,空下来不少好房。

我走进屋里,才又想到,奶奶走了。屋里的东西归置得很整齐,只是落满了灰尘。奶奶不在了。奶奶在的时候从来没有灰尘。那个小线笸箩还在床上,里面是一绺绺彩色的丝线,是奶奶做补花用的。我一直默默地坐着。天黑了。是阴天,没有星星。奶奶这会儿在哪儿呢?干什么呢?屋里没有别人,我哭了。我想起小时候,别人对奶奶说:"奶奶带起来的,长大了也忘不了奶奶。"奶奶笑笑说:"等不到那会儿哟!"……海棠树的叶子落光了,没有星星。世界好像变了个样子。每个人的童年都有一个严肃的结尾,大约都是突然面对了一个严峻的事实,再不能睡一宿觉就把它忘掉,事后你发现,童年不复存在了。

接着是轰轰烈烈的两三年。我时常想起奶奶。但史无前例的事太多,听也听不过来,想也想不过来。不断地把人打倒,人倒不断地明白了许多事情。打人也是为革命,骂人也是为革命,光吃不干也是为革命,横行霸道、仗势欺人,乃至行凶放火也是为革命。只要说是为革命,干什么就都有理。理随即也就不值钱。

接着是上山下乡。抡镢头的为革命而抡镢头;养妾选美的为革命而养妾选美;饥寒交迫的为革命而饥寒交迫;挥霍无度的为革命而无度地挥霍。革命又是为了什么呢？

我在延安插队的时候，妈妈来信说奶奶回来了，奶奶岁数太大了，农村里没她干的活儿，公社给了证明，说奶奶改造得好，态度非常老实。奶奶又在北京落下了户口。

1972年我也转回了北京。那年奶奶七十岁，头发全白了。爸爸、妈妈又都到云南干校去了，又剩了我跟奶奶。或者说是，奶奶跟着我。我已经二十出头了。我懂得了什么是历史。很多事情并非是因为人怎么坏，而是因为人类还没有弄明白那些事情为什么是坏。譬如说奶奶，她还不明白地主为什么坏，就注定是地主了。也可以说这是命运，但革命不正是为了把全人类都从那种厄运中解放出来吗？

但那还是1972年。

我回到北京的时候是半夜。在车站坐了半宿，到家的时候天还不亮。我推推院门，院门开了。我推推屋门，门上有锁。我一愣。院儿里的人还都没起，很静，谁家屋里传出响亮的鼾声。奶奶这么早上哪儿了呢？还是那四棵树，一棵梨树、三棵海棠，但树叶都被虫子咬得斑斑驳驳的。院儿里盖起了好几间小厨房，歪七扭八，灰压压的。

北屋门一响，宋家老头儿出来了："哟，你回来啦？你奶奶这几天净念叨你呢。"

"我奶奶这么早上哪儿了？"

"你没瞧见？就在外头扫街哪。"

我跑出院门。远远的晨雾中,有一个人影,用的是长把笤帚,是奶奶。后来我才知道,奶奶这么早来扫街,是为了躲过人多的时候,怕让人看见。她现在是以一个地主的身份在扫街,在改造,不像当年那样是卫生负责人。

奶奶见了我可是立刻就哭了。

我把奶奶搀进屋,劝她,安慰她。我才不说"这是群众运动,您应当理解"呢!她怎么会理解呢?多少大人物不是都不理解吗?只是当我说到"群众的眼睛是亮的"的时候,奶奶才不哭了,连连点头,说街坊邻居对她都不错,街道积极分子对她也不错,居委会主任还偷偷劝她别往心里去,扫起街来也得悠着点儿。奶奶扫街总是超额,甚至加倍。

"还记得八子吗?"奶奶问我。

"当然。"我早就听说八子这几年在街上很出名,外号叫"八爷",一般的流氓小偷都服他。八子没有去插队。

"可不是嘛,唉!可是他见了我,还是管我叫奶奶。"奶奶说。这似乎使她非常感动。

奶奶又说:"没人的时候我跟八子说,可得好好的,要不将来后悔一辈子。他倒是低头儿听着。别人说他,他连听都不听呢。"

"他进工厂了?"

"没有。先前他想进工厂,人家说他不去插队,不给他分配。这会儿人家给他分配了,他又嫌工作不好,不去,等着。他可倒也不缺钱花,又抽烟,又喝酒。他还老跟我说:像您这么老实管什么用!"

"惠芬三姐呢?"

"咳,还提惠芬呢!分配在外地,二十七八了,还没个对象。她那个对象武斗的时候死了,惠芬总还是想着那个人,时常说点子不着边儿的话,说不是那个人她就不结婚……可那个人都死了好几年啦。这都是八子跟我说的。头些日子,我扫街时候碰上了惠芬,她头也不抬。八子说,她不是光不理我,谁她都不理……"

我想起1966年查抄"四旧"的时候了,在院子里,惠芬三姐和一个男大学生说话,那男的又高又魁梧,他会不会就是惠芬三姐的对象呢?

唉!"奶奶,咱们包扁豆馅儿饺子吧!"我说。世上的事都想明白了好像也不符合辩证法。

"行啊!"奶奶高兴起来,"我给你钱,你去买肉馅儿吧。"

妈妈给我写信的时候就说,回了北京好好照顾奶奶,想办法给奶奶弄点好的吃。奶奶一个人老是熬粥、吃馒头、炒白菜什么的;她不愿意去买肉,怕让人看见说她没改造好。

"您管他那些呢!"我说,"肉铺里卖肉就是为让人吃的。革命就是为让所有的人都过好日子!"

"可还有好些人连馒头、炒白菜都吃不上呢。老家的人,好些贫下中农,吃也吃不饱。"奶奶一本正经的神气。

我真得承认:奶奶的觉悟比我高。我开了个玩笑:"您可不能这么说。您说贫下中农现在还吃不饱,那还行?"

奶奶吓坏了，说不出话来。可不？在那些年，这可不是玩笑。

最后这几年，奶奶依旧是很忙。天不亮就去扫街。吃了早饭就去参加街道上办的"专政学习班"。下午又去挖防空洞。

"您这么大岁数，挖什么呀？还不够添乱的呢！"我说。

奶奶听了不高兴："我能帮着往外撮土。"

"要不我替您去吧。我挖一天够您挖十天的。我替您去干一天，您就歇十天。"

"那可不行。人家让我去是信任我。你可别外头瞎说去。好不容易人家这才让我去了。"

奶奶还是那么事事要强。

最让奶奶难受的是人家不让她去值班。那时候，无论春夏秋冬，不管刮风下雨，北京所有的小胡同里都有人值班。绝大多数是没有工作的老头儿、老太太，都是成分好的，站在胡同口，或拿个小板凳坐在墙角里，监视坏人，维护治安。每个人值两个小时，一班接一班。奶奶看人家值班，很眼热，但她的成分不好。

一天，街道积极分子来找奶奶，说是晚10点到12点这一班没人了，李老头儿病了，何大妈家里离不开，一时没处找人去，让奶奶值一班。奶奶可忙开了，又找棉袄，又找棉鞋。秋风刮得挺大。

"真要是有坏人,您能管得了什么?他会等着让您给他一拐棍儿?"

"人家这是信任我。"

"就算您用拐棍儿把他的腿钩住了,他也得把您拉个大马趴。"

"我不会喊?"

"我替您去吧。"

"那可不行!"奶奶穿好了棉衣,拿着拐棍儿,提着板凳,掖着手电筒,全副武装地出了门。

我出门去看了看。奶奶正和上一班的一个老头儿在聊天。还不到10点。两个人聊得挺热火。风挺大,街上没什么人。那老头儿在抱怨他孙子结婚没有房……

10点刚过,奶奶回来了。

"怎么啦?"

奶奶说:"又有人接班了。"脸色挺难看。

"有人了更好。咱们睡觉。"

奶奶不言语,脱棉袄的时候,不小心把手电筒掉地上了,玻璃摔碎了。

"您累了吧?我给您按摩按摩?"

奶奶趴在床上。我给她按摩腰和背。她还是一到晚上就腰酸背疼。我想起小时候给奶奶踩腰,觉得她的腰背是那样漫长。如今她的腰和背却像是山谷和山峰,腰往下塌,背往上凸。

我看见奶奶在擦眼泪。

"算了,什么大不了的事儿!"我说。

"敢情你们都没事儿。我妈算是瞎了眼,让我到了你们老史家来……"

海棠树的叶子又落了,树枝在风中摇。星星真不少,在遥远的宇宙间痴痴地望着我们居住的这颗星球……

那是1975年,奶奶七十三岁。那夜奶奶没有再醒来。我发现的时候,她的身体已经变凉。估计是脑溢血。很可能是脑溢血。

给奶奶穿鞋的时候我哭了。那双小脚儿,似乎只有一个大拇指和一个脚后跟。这双脚走过了多少路啊。这双脚曾经也是能蹦能跳的。如今走到了头。也许她还在走,走进了天国,在宇宙中变成了一颗星星……

现在毕竟不是过去了。现在,在任何场合,我都敢于承认:我是奶奶带大的,我爱她,我忘不了她。而且她实在也是爱这新社会的。一个好的社会,是会被几乎所有的人爱的。奶奶比那些改造好了的国民党战犯更有理由爱这新社会。知道她这一生的人,都不怀疑这一点。

当然,最后这几年,她心里一定非常惶惑。我不能原谅自己的是这样一件事:那时每天晚上,奶奶都在灯下念报纸上的社论。在那个"专政学习班"里,奶奶是学得最好的一个。她一字一顿地念,像当年念扫盲课本时那样。我坐在桌子的另一边看书。显然是有些段落她看不大懂,不时看看我,想找机会让我给她讲一讲。我故意装得很忙，不给她这个机会，心想：您就是学得再好，再虔诚些，人家又能对您怎么样？那正是"反击右倾翻案风"的时候，净是些狗屁不通的社论。奶奶给我倒茶，终于找到了机会。

"你给我讲讲这一段行不？"

"咳，您不懂！"

"你不告诉我，我可不老是不懂。"

"您懂了又怎么样？啊？又怎么样？"

奶奶分明听出了我的话外之音。她默默地坐着，一声不响。第二天晚上，她还是一字一句地自己念报纸，不再问我。我一看她，她的声音就变小，挺难为情似的……

老海棠树还活着，枝叶间，星星在天上。我认定那是奶奶的星星。据说有一种蚂蚁，遇到火就大家抱成一个球，滚过去，总有一些被烧死，也总有一些活过来，继续往前爬。人类的路本来很艰难。前些时候碰上了惠芬三姐，听说因为她"文革"中做了些错事，弄得很苦恼，很多事都受到影响。我就又想起了奶奶的星星。历史，要用许多不幸和错误去铺路，人类才变得比那些蚂蚁更聪明。人类浩荡前行，在这条路上，不是靠的恨，而是靠的爱……

1983 年 11 月 11 日

想念地坛

想念地坛,主要是想念它的安静。

坐在那园子里,坐在不管它的哪一个角落,任何地方,喧嚣都在远处。近旁只有荒藤老树,只有栖居了鸟儿的废殿颓檐、长满了野草的残墙断壁。暮鸦吵闹着归来,雨燕盘桓着吟唱;风过檐铃,雨落空林,蜂飞蝶舞草动虫鸣……四季的歌咏此起彼伏从不间断。地坛的安静并非无声。

有一天大雾迷漫,世界缩小到只剩了园中的一棵老树。有一天春光浩荡,草地上的野花铺铺展展开得让人心惊。有一天漫天飞雪,园中堆银砌玉,有如一座晶莹的迷宫。有一天大雨滂沱,忽而云开,太阳轰轰烈烈,满天满地都是它的威光。数不尽的那些日子里,那些年月,地坛应该记得,有一个人,摇了轮椅,一次次走来,逃也似的投靠这一处静地。

一进园门,心便安稳。有一条界线似的,迈过它,只要一迈过它便有清纯之气扑来,悠远、浑厚。于是时间也似放慢了速度,就好比电影中的慢镜,人便不那么慌张了,可以放下心来把你的每一个动作都看看清楚,每一丝风飞叶动,每一缕愤懑和妄想,盼念与惶茫,总之把你所有的心绪都看看明白。

因而地坛的安静,也不是与世隔离。

那安静,如今想来,是由于四周和心中的荒旷。一个无措的灵魂,不期而至竟仿佛走回到生命的起点。

记得我在那园中成年累月地走。在那儿呆坐,张望,暗自地祈求或怨叹;在那儿睡了又醒,醒了看几页书……然后在那儿想:"好吧好吧,我看你还能怎样!"这念头不觉出声,如空谷回音。

谁?谁还能怎样?我,我自己。

我常看那个轮椅上的人,和轮椅下他的影子,心说我怎么会是他呢?怎么会和他一块儿坐在了这儿?我仔细看他,看他究竟有什么倒霉的特点,或还将有什么不幸的征兆,想看看他终于怎样去死,赴死之途莫非还有绝路?那日何日?我记得忽然我有了一种放弃的心情,仿佛我已经消失,已经不在,唯一缕清魂在园中游荡,刹那间清风朗月,如沐慈悲。于是乎我听见了那恒久而辽阔的安静。恒久,辽阔,但非死寂,那中间确有如林语堂所说的,一种"温柔的声音,同时也是强迫的声音"。

我记得于是我铺开一张纸，觉得确乎有些什么东西最好是写下来。那日何日？但我一直记得那份忽临的轻松和快慰，也不考虑词句，也不过问技巧，也不以为能拿它去派什么用场，只是写，只是看有些路单靠腿（轮椅）去走明显是不够。写，真是个办法，是条条绝路之后的一条路。

只是多年以后我才在书上读到了一种说法：写作的零度。

《写作的零度》，其汉译本实在是有些磕磕绊绊，一些段落只好猜读，或难免还有误解。我不是学者，读不了罗兰·巴特的法文原著应当不算是玩忽职守。是这题目先就吸引了我，这五个字，已经契合了我的心意。在我想，写作的零度即生命的起点，写作由之出发的地方即生命之固有的疑难，写作之终于的寻求，即灵魂最初的眺望。譬如那一条蛇的诱惑，以及生命自古而今对意义不息的询问。譬如那两片无花果叶的遮蔽，以及人类以爱情的名义、自古而今的相互寻找。譬如上帝对亚当和夏娃的惩罚，以及万千心魂自古而今所祈盼着的团圆。

"写作的零度"，当然不是说清高到不必理睬纷繁的实际生活，洁癖到把变迁的历史虚无得干净，只在形而上寻求生命的解答。不是的。但生活的谜面变化多端，谜底却似亘古不变，缤纷错乱的现实之网终难免编织进四顾迷茫，从而编织到形而上的询问。人太容易在实际中走失，驻足于路上的奇观美景而忘了原本是要去哪儿，倘此时灵机一闪，笑遇荒诞，恍然间记起了比如说罗伯-格里耶的《去年在马里昂巴》，比如说贝克特的《等待戈多》，那便是回归了"零度"，重新过问生命的意义。零度，这个词真用得好，我愿意它不期然的还有着如下两种意思：一是说生命本无意义，零嘛，本来什么都没有；二是说可平白无故的生命他来了，是何用意？虚位以待，来向你要求意义。一个生命的诞生，便是一次对意义的要求。荒诞感，正就是这样的要求。所以要看重荒诞，要善待它。不信等着瞧，无论何时何地，必都是荒诞领你回到最初的眺望，逼迫你去看那生命固有的疑难。

否则，写作，你寻的是什么根？倘只是炫耀祖宗的光荣，弃心魂一向的困惑于不问，岂不还是阿Q的传统？倘写作变成潇洒，变成了身份或地位的投资，它就不要嘲笑喧嚣，它已经加入喧嚣。尤其，写作要是爱上了比赛、擂台和排名榜，它就更何必谴责什么"霸权"？它自己已经是了。我大致看懂了排名的用意：时不时地抛出一份名单，把大家排比得就像是梁山泊的一百零八，被排者争风吃醋，排者乘机拿走的是权力。可以玩味的是，这排名之妙，商界倒比文坛还要醒悟得晚些。

这又让我想起我曾经写过的那个可怕的孩子。那个矮小瘦弱的孩子，他凭什么让人害怕？他有一种天赋的诡诈——只要把周围的孩子经常地排一排座次，他凭空地就有了权力。

"我第一跟谁好,第二跟谁好……第十跟谁好"和"我不跟谁好",于是,欢欣者欢欣地追随他,苦闷者苦闷着还是去追随他。我记得,那是我很长一段童年时光中恐惧的来源,是我的一次写作的零度。生命的恐惧或疑难,在原本干干净净的眺望中忽而向我要求着计谋;我记得我的第一个计谋,是阿谀。但恐惧并未因此消散,疑难却因此更加疑难。我还记得我抱着那只用于阿谀的破足球,抱着我破碎的计谋,在夕阳和晚风中回家的情景……那又是一次写作的零度。零度,并不只有一次。每当你立于生命固有的疑难,立于灵魂一向的祈盼,你就回到了零度。一次次回到那儿正如一次次走进地坛,一次次投靠安静,走回到生命的起点,重新看看,你到底是要去哪儿?是否已经偏离亚当和夏娃相互寻找的方向?

想念地坛,就是不断地回望零度。放弃强力,当然还有阿谀。现在可真是反了!——面要面霸,居要豪居,海鲜称帝,狗肉称王,人呢?名人,强人,人物。可你看地坛,它早已放弃昔日荣华,一天天在风雨中放弃,五百年,安静了;安静得草木葳蕤,生气盎然。土地,要你气熏烟蒸地去恭维它吗?万物,是你雕栏玉砌就可以挟持的?疯话。再看那些老柏树,历无数春秋寒暑依旧镇定自若,不为流光掠影所迷。我曾注意过它们的坚强,但在想念里,我看见万物的美德更在于柔弱。"坚强",你想吧,希特勒也会赞成。世间的语汇,可有什么会是强梁所拒?只有"柔弱"。柔弱是爱者的独信。

柔弱不是软弱,软弱通常都装扮得强大,走到台前骂人,退回幕后出汗。柔弱,是信者仰慕神恩的心情,静聆神命的姿态。想想看,倘那老柏树无风自摇岂不可怕?要是野草长得比树还高,八成是发生了核泄漏——听说切尔诺贝利附近有这现象。

我曾写过"设若有一位园神"这样的话,现在想,就是那些老柏树吧。千百年中,它们看风看雨,看日行月走人世更迭,浓荫中唯供奉了所有的记忆,随时提醒着你悠远的梦想。

但要是"爱"也喧嚣,"美"也招摇,"真诚"沦为一句时髦的广告,那怎么办?唯柔弱是爱愿的识别,正如放弃是喧嚣的解剂。人一活脱便要嚣张,天生的这么一种动物。这动物适合在地坛放养些时日——我是说当年的地坛。

回望地坛,回望它的安静,想念中坐在不管它的哪一个角落,重新铺开一张纸吧。写,真是个办法,油然地通向着安静。写,这形式,注定是个人的,容易撞见诚实,容易被诚实揪住不放,容易在市场之外遭遇心中的阴暗,在自以为是时回归零度。把一切污浊、畸形、歧路,重新放回到那儿去检查,勿使伪劣的心魂流布。

有人跟我说,曾去地坛找我,或看了那一篇《我与地坛》

去那儿寻找安静。可一来呢，我搬家搬得离地坛远了，不常去了。二来我偶尔请朋友开车送我去看它，发现它早已面目全非。我想，那就不必再去地坛寻找安静，莫如在安静中寻找地坛。恰如庄生梦蝶。当年我在地坛里挥霍光阴，曾屡屡地有过怀疑：我在地坛吗？还是地坛在我？现在我看虚空中也有一条界线，靠想念去迈过它，只要一迈过它便有清纯之气扑面而来。我已不在地坛，地坛在我。

2002年5月13日完成
2004年2月24日修订

编　后

著名作家史铁生，深受读者尊敬、喜爱，虽已故去数年，其佳作却日益走进更多人心中。我社已出版由其夫人陈希米女士与隋丽君工作室共同编校的《史铁生全集》(12卷)，面世后广获赞誉，成为当今阅读精品。

然而作家丰厚深邃的思想内涵与精神思辨，并非每个年龄段的读者都能一步理解到位，自然更宜循序渐进。不少青少年读者，包括中学生，向我们询问可有更适宜他们阅读的简单读本。为满足这一需求，为使众多青少年更易走近史铁生，走进史铁生的精神世界，我们又从全集中精选了这一册《我与地坛》，以飨读者。

文集共辑入散文随笔十八篇、小说一篇，集中了作家记述自己青少年时代环绕"地坛文化"生活与感受的精彩文字。这些文字与地坛有着千丝万缕的关联，流淌着亲情、爱情与欢乐，也承载着苦闷、抗争与新生，展示了古朴、神秘的"地坛文化"的独特魅力，希望能给读者朋友们带来心灵的抚慰与岁月的感怀。

北京出版社

图书在版编目（CIP）数据

我与地坛／史铁生著. — 北京：北京出版社，2020.1（2025.11重印）

ISBN 978-7-200-15204-3

Ⅰ.①我… Ⅱ.①史… Ⅲ.①散文集—中国—当代 Ⅳ.①I267

中国版本图书馆CIP数据核字（2019）第243592号

我与地坛
WO YU DITAN

史铁生　著

*

北　京　出　版　集　团
北　京　出　版　社　出版
（北京北三环中路6号）
邮政编码：100120

网　址：www.bph.com.cn
北　京　出　版　集　团　总　发　行
新　华　书　店　经　销
北京雁林吉兆印刷有限公司印刷

*

890毫米×1240毫米　32开本　6.75印张　129千字
2020年1月第1版　2025年11月第23次印刷
ISBN 978-7-200-15204-3
定价：28.00元
如有印装质量问题，由本社负责调换
质量监督电话：010-58572393